囚われの花びら

高岡ミズミ

幻冬舎ルチル文庫

CONTENTS ✦目次✦

囚われの花びら

✦カバーデザイン＝久保宏夏（omochi disign）
✦ブックデザイン＝まるか工房

イラスト・紺野けい子✦

囚われの花びら

1

「行け！　そのまま突っ込め！　よぉし――え、あぁ！　そんなっ」

目の前で展開された番狂わせに、場内がどよめく。

馬券を手から取り落とした実琴《みこと》は、へなへなと座り込んだ。

「嘘《うそ》だろ……」

ゴール手前までは確かに頭ひとつ出ていた。それなのに間際で一瞬ゴールすることを躊躇《ためら》ったかのように後続にあっさりとトップの座を譲って――結果は三着。これでは一円にもならない。夢の馬券もいまはただの紙屑《かみくず》となり果てた。

ミコトローレルという名前に親近感を覚えて、所持金一万円をすべて注ぎ込んだあげくがこの有り様だ。

今日はついているはずなのに。

なにしろ大好きな、なっちゃんが今朝、「山羊座《やぎざ》はラッキーデイ。いつもよりも思い切った行動に出ても吉。きっと幸運の女神がほほ笑むはず。ラッキーアイテムは赤いバンダナ」と言ったのだから、ついているはずなのだ。

事実、前の二レースはついていた。だからこそミコトローレルにすべてを委ねた。必ずややってくれるだろうと信じて。

パドックを闊歩《かっぽ》する姿を目にしたときには、軽快な足取りといい、引き締まった褐色の尻《しり》といい申し分なく、今日はもらったと確信した。

折しも季節は春。四月。満開の桜がはらはらと散り、あたり一面を薄桃色に染める、新たなスタートを切る頃。

それがよもやこんな結果になろうとは。

「だーかーらー、やめとけっつったのにさあ。つか、なんだこれ。だせえ」

隣で冷ややかな視線を投げかけてくるのは、公私ともに相棒の高次《こうじ》だ。首に捲《ま》いた真っ赤なバンダナの端を引っ張られて、実琴はむっとして手を払い除《の》けた。

「るせえな……次、次で取り返しゃいいんだよ」

背中に虎の刺繍《ししゅう》の施された目の覚めるような真っ青なジャンパーを、ランニングの上に羽織《はお》っている奴《やつ》に言われたくない。が、どうやら彼女の見立てらしいので余計なことは言えず、胸を小突くだけに留《とど》める。襟足《えりあし》が肩につくほどのロン毛も高次には似合っていないけれど、こちらも彼女の趣味らしいので、注意をしたところでどうせ無駄になるのがオチだ。

高次は、自分と同じ二十一歳だ。

十九歳で出会って以来常に一緒にいるし、現在は同居人でもある。半年ほど前、住所不定となった実琴が高次の部屋に転がり込んだのだ。

血液型も同じなら高校を卒業してすぐに家出をしたというところも同じで、妙に馬が合う。

「次っておまえ、金、いまので全部スッちまったんじゃねえのか」

「それは——だからさ」

「貸さねえよ」

貸してくれと言ってもいないうちから却下されて、実琴は口をへの字に歪《ゆが》める。それでも、「なんでだよ。五千円でいいからさ。倍にして返すし」と食い下がると、高次は話し合いの余地はないとばかりに、頭を左右に振った。

「なんでか教えてやるよ。前に貸した五千円がまだ返ってきてないからだ」

「う」

それを言われるとぐうの音《ね》も出ない。高次はあえて指摘しなかったようだが、じつはその前の二千円もまだ返してなかった。

「ごめん。この前のもその前のぶんもまとめて返すから、だから、今回だけ。三千円でいいからさ」

顔の前で両手を合わせて頼み込んだ、ちょうどそのときだ。斜め上から、実琴の目の高さにすいと紙切れが差し出された。

「……なんだ？」

札だ。しかも福沢諭吉《ふくざわゆきち》。

「万札が見えるんだけど」

「ああ、俺も見える」

高次と顔を見合わせたあと、背後を振り返る。そこにいたのは、サングラスをかけた、いかにも胡散《うさん》くさそうな男だった。

シャツの上に黒のコートを羽織った男は、堅気にはとても見えない。人差し指と中指で挟んだ札をひらひらとさせ、にっと唇《くちびる》を左右に引く。

家出して三年。これでもいろいろなひとに会い、ときには危ない場面にも遭遇した。相手が一般人かそうじゃないかくらい、嗅《か》ぎ分けることは案外容易《たやす》かった。堅気を装っていても、くぐってきた修羅場の数というのは隠し切れるものではない。

この男はどうだろうか。少なくとも、善良な一般人には見えない。

「行くぞ、実琴」

高次も瞬時に嗅ぎ取ったのだろう、そう耳打ちしてくると同時に実琴のジャケットの袖《そで》を引く。

得体の知れない奴とは関わらないのが一番――いつも口にしているそれは、高次の信条みたいなものだ。

「なに？　貸してくれんの？」

実琴は男に上目と笑みを返した。

高次とは真逆で、実琴の信条は「やられたらやり返す」だった。挑発されれば同じだけ返す。売られた喧嘩《けんか》もきっちり買う。

ひとりで生きていくには意地を張ることも必要だと、そう思っている。ようは喧嘩っ早いだけだろ、と高次はいつも呆《あき》れるのだが。

「いや、あげるよ。俺からのプレゼント」

「へえ、気前いいんだね」

年の頃はおそらく、三十歳前後。目の下に薄《うっす》らと残っている古傷は、ナイフで切られた痕だろうか。

「おい、やめとけって」

忠告してきた高次は、渋い顔で舌打ちをする。

「あんた、誰。なにか魂胆があるんだろ?」

高次の問いに、サングラスの男はひょいと肩をすくめた。

「ちょっとしたバイトを頼みたい。承知してくれるなら前金で三十。もちろん成功報酬も出そう」

指三本が、両手十本に増やされる。

百万。

唾《つば》を飲み込んだ拍子に、ごくりと喉《のど》が鳴った。

「あ……っぶねえ。どうせやばい仕事なんだろ？　悪いけど、そういうのはやらないんだ」

百万は魅力的だが、法を犯すつもりはない。

まさかと、男は笑顔で否定する。

「いや。危なくもないし、やばくもない。むしろ楽なくらいだ。ちょっとしたバイトだって言っただろう？　ただ少しばかり訳ありなだけだから、その点は安心していいよ」

「………」

男の考えを知ろうにも、サングラスのせいでわかりにくい。もっともこの男なら、瞳を覗《のぞ》き込んだところで悟らせてくれないかもしれない。

じっと窺《うかが》っていると男が笑みを深くした。

「どう？　悪い話じゃないと思うんだが」

目の前には指に挟まれたままの札がある。実琴は男と札を見比べて、男の指からそれを抜き取った。

「実琴っ」

吠《ほ》えるように高次が咎《とが》めてきたときは、すでにポケットに札を押し込んだあとだった。

「いいじゃん。悪い話じゃないっていうんだから、やろう。百万だぞ、百万」

「そりゃそうだけど」

高次の言葉尻が弱くなる。高次にしても金は欲しいのだ。土木関係の仕事をしている高次は、彼女と結婚したいという希望を持っている。新婚生活にはいまのアパートは狭すぎるし、先立つものも必要だ。

実琴自身は、さらに切実だった。

いつまでも高次のところに厄介になるわけにはいかないし、つい先日アルバイト先のピザ屋を解雇されたばかりだった。

客に尻を撫《な》でられ殴《なぐ》ったのが原因なので、自分に非があるとはいまでも思っていないけれど、無職は無職。

しかも今日、ラッキーデイにつられてなけなしの一万をスッてしまったばかりだ。

喉から手が出るほど金は欲しい。山分けして五十万あれば、すぐにでも高次のアパートを出られる。

黙り込んだ高次からサングラスの男に目を戻して、実琴は先を促した。

「俺たち、具体的になにをすればいいわけ？」

男が顎《あご》を引き、サングラスの上から視線を投げかけてきた。

「荷物を運んでもらいたい」

「荷物？」

「ああ、そうだ。荷物をひとつ、ある場所に」

それなら宅配業者に頼めばいい——とは実琴も言わない。宅配業者を介入させたくないからこうして大金を払おうとしているのだ。なぜ介入させたくないのかあれこれ詮索してももう仕方がないので、聞かないでおく。

高次はなにか言いたいことがあるらしく、終始不満げな顔をしているが、気づかないふりを決め込んだ。

「大きさは？」

「ほんのこれくらい」

男の両手が、二十センチ四方の大きさを作る。

「ふうん。で、いつまでにどこに届ければいい？」

男がサングラスを外した。

はっきりした目鼻立ちで、意外にも端整だ。おそらく三十歳前後という予想も外れてはいないだろう。

「いいのか？　なにを運ばされるのか聞かなくて」

百万で配送を依頼してきておきながら、なにを言っているのか。どうせ答えないくせにと、鼻で笑う。

「無駄なことはしない主義なんだ」

ふいに男が相好を崩した。どこか愉《たの》しそうにも見えるその表情が癇《かん》に障《さわ》り、実琴は舌打ちをした。

「いいな、きみ。ただのカワイコちゃんじゃないって？　そうこなくちゃ」

「カワイコちゃんがなんだって？」

男を睨《ね》めつける。

実琴にとっては地雷と言ってもいい。世間知らずだった以前とはちがい、ひとりで生活するようになってから、否応なく自分の甘さに気づかされた。

そのなかのひとつが、これだ。男に対して「可愛《かわい》い」という言葉を使うときは、相手を見下しているときだと。

実琴の場合、外見のせいもあってなおさら過敏にならざるを得なかった。

百七十二センチの身長と、黒目の比率の多いくっきりとした二重の目のせいで、いったい何度同じような台詞《せりふ》を聞いてきたか。

「可愛いな」「マジで二十歳《はたち》超えてるんだ？」「そっちの趣味はないけど、おまえならいけそう」

前髪を上げて額を出しているのも、少しでも大人《おとな》っぽく見せたいという、ささやかな努力なのだ。

「もう一回言ってみろ」

半眼ですごんでみせると、男は笑みを引っ込め、右手を差し出してきた。

「早坂《はやさか》だ。よろしく」

無視してやろうかとも思ったものの、相手は大金をもたらしてくれる依頼人だ。渋々実琴も手を出すと、ぎゅっと強く握られた。

「明日、もう一度ここで会おう。同じ時刻に」

「ああ、わかった」

手を引いても、男は離そうとしない。頬《ほお》を引き攣《つ》らせた実琴だが、直後、予想だにしなかった言葉を耳にする。

「それじゃあな、『みこ』ちゃん」

「……っ」

一瞬、自分の耳を疑った。

どうしてこの男がその名前を口にするのか。知るはずがない渾名《あだな》を呼ぶのか。

茫然《ぼうぜん》とする実琴に、男は何事もなかったかのようにするりと手を引くと、ふたたびサングラスをつけ、コートの裾《すそ》を翻して去っていった。

男の後ろ姿に、まったくちがう背中が脳裏《のうり》によみがえる。


——みこ。

何度となく耳にしてきた、優しく穏やかな声。

離れてからは何十回何百回と思い返してきたひとの、声。

忘れたいのに、何年たっても忘れられなくて、呼び方ひとつで実琴の意識は一気に過去へと引き戻されてしまう。

「おい、実琴」

「…………」

はっとして我に返り、背後を振り向いた。そこには高次の、不機嫌に眉《まゆ》をひそめた顔があった。

「……なんだよ」

危うく自分がいまどこにいるのかさえ、忘れてしまうところだった。

ここは——競馬場。

自分の名前を呼んでくるのは、高次。

ばからしいと承知で頭の中で確認し、ひとつ息を吐く。落ち着きたい一心でポケットからマイルドセブンを取り出し、唇にのせた。

「なんだよじゃねえだろ。どう見たって胡散くせえおっさんなのに、なんで食いついたんだよ！」

嚙《か》みついてきた高次をよそに、煙草《たばこ》に火をつけ一服する。まるで小波のようにざわめく胸をなんとか鎮めたいが、なかなかうまくはいかない。

また舌打ちをし、ビビんなよと笑い飛ばした。

「危なくもないしヤバくもないってんだから、いいじゃん。荷物運ぶだけで百万なんて、こんなおいしい話はないだろ」

軽く笑い飛ばす。

「ばか野郎。だからヤバいっていうんだ。荷物運ぶだけでそんな大金、普通におかしいだろ。ヤバくないなんて言葉、信じるほうがどうかしてる」

「ヤバけりゃヤバいで、手の打ちようはある。リスクは向こうのがデカいんだ。もしおまえがビビってできないってんだったら、俺ひとりでやる。荷物ひとつなんだし、ひとりで十分かもな」

「実琴！」

煙を高次の顔に向かって吐き出す。

高次は顔をしかめ、じっと実琴を睨《にら》んでいたが、やがて小さくため息をつくと自分もポケットから煙草を取り出した。

「ったく、言い出したらきかねえの、どうにかなんねえか。やるよ。やりゃあいいんだろ。おまえのラッキーデイとやらを信じてやるよ。ああ、たかが荷物ひとつだ。とっとと運んじまって、百万いただこうぜ」

右手を掲げられて、そこに実琴はパンとタッチする。その軽快な音に、胸のざわめきもどうにかおさまってくれ、普段のペースを取り戻した実琴は春の空を仰《あお》いだ。

「大丈夫。きっと幸運の女神だ」

そう呟《つぶや》きながら。


翌日は、約束の時間よりも早く訪れ、昨日と同じ場所で高次とふたりで待った。

一応馬券を買ってはみたものの、レースに集中できなかった。どうやらそれは高次も同じらしく、さっきから落ち着かない様子でそわそわしている。

「やべ。小便行きたくなった」

あげく股間《こかん》を押さえてそんなことを言ってきたので、実琴は呆れてため息をこぼした。

「行ってこいよ」

「いや、我慢するわ。万が一、俺がいないときに奴が来たらいけねえし」

「べつに俺ひとりでいいけど」

「いや、いやいや」

本気で我慢するつもりか、顔をしかめた高次がかぶりを振る。

「みこっちゃん、見かけによらず無鉄砲だし。それに、妙にあの手の野郎にモテモテだし？

とてもふたりじゃ会わせらんねえって」

そっちかよ、と高次の心配に不快になる。なにがモテモテ、だ。

「気色わりいこと言うな」

横目で睨んだ、ちょうどそのタイミングで待ち人がやってくる。

「愉しそうだな」

昨日の男——早坂だ。

実琴が唇を結んだのと同時に、高次の頬がひくりと引き攣った。

「来てくれてよかった」

早坂はそう言うと踵《きびす》を返し、歩き始める。あとを追いかけつつ、背中に声をかけた。

「どこに行くんだよ」

「車。荷物はそこにある。金も、な」

さらりと返ってきた一言に、高次と目線を合わせた実琴は、いよいよかと周囲を窺いつつ駐車場までついていった。

駐車場には、車がずらりと列をなしている。早坂は迷わずまっすぐに歩いていき、黒いシボレーの前で足を止めた。

実琴と高次に目で合図を送ってきたあと、自分は運転席へ身を滑らせる。

ここまで来て躊躇《ちゅうちょ》してもしようがない。後部座席のドアを開けて乗り込んだ実琴に、小さく「くそ」と吐き捨ててから高次が続いた。

早坂がサングラスを外す。

「昨日話したとおりだ。ある場所に荷物を運んでくれるだけでいい。前金で三十。届いたのがわかった時点で残り七十。なにか質問は？」

「ない」

実琴が頷《うなず》くのを待ち、早坂は助手席に置いてあった白い手提げ袋を差し出した。あらかじめ聞いていたとおり、ハードカバーの本がおさまる程度の紙袋だ。

手を伸ばして受け取ろうとすると、一度早坂の手が退《ど》いた。

「改めて言うまでもないと思うが、中身に興味を持たないことだ」

昨日は聞かなくていいのかと問うてきたくせに――とはもちろん口にしない。初めからわかっていたことだ。

「俺たちが興味があるのは箱の中身じゃなくて、金だから」

その一言で紙袋を受け取る。

軽い。ドラックでも運ばされるのかと思っていたけれど、まるでなにも入っていないかのようだ。

「はっきりしてて、わかりやすい」

続いて早坂が差し出したのは、茶封筒だ。

約束の三十万だろう。

目配せをすると高次が手を出し、封筒を受け取る。三十枚あることを確認してから、ジャンパーのポケットに突っ込んだ。

「で？　これはどこに持っていけばいい」

実琴の質問に、早坂が顎を引く。

「とりあえず、Y市に行ってもらう」

「――Y市？」

思いもよらなかった行き先を聞き、咄嗟《とっさ》に鸚鵡返《おうむがえ》しする。

「ああ。なにか都合が悪いのか？」

「……いや」

実琴の返答を待って、早坂の言葉は続けられた。

「どっちみちいまからじゃ夜になるだろうから、適当に一泊してくれ。翌朝こっちからまた連絡する」

プリペイド式の携帯電話まで用意されているところをみると、やはり足がついてはまずい代物らしい。予測していたとはいえ、緊張で肩が上下する。

「なにか質問はあるか」

ふたたびサングラスを鼻にのせた早坂に、これまで黙っていた高次が口を開いた。

「こっちから連絡をつけたいときは？」

不測の事態が起こらないとは限らない。その際の連絡はどうすればいいのか。当然の疑問だったけれど、早坂はひらひらと右手を振った。

「必要ない。用事があればこっちから電話する」

連絡を取り合うのもまずいということか。

「でもさ」

実琴は口の端を引き上げ、早坂を挑発する。もしかしたら行き先のせいだろうかと思うと、胸の奥にちりりと引っかかれたような痛みを感じた。

「俺たちがばっくれるとは思わないんだ？」

「ばっくれる？」

早坂の口許《くちもと》に苦笑が浮かぶ。

「三十万ぽっちでか？」

「けど、こっちの荷物のほうはどうだよ。もっと価値があるんじゃないのか？」

「ああ、そういうこと」

やめておけという意味だろう、高次がジャケットの裾を引っ張ってくるが、実琴は口を閉じなかった。

「簡単に信用していいの？　甘いんじゃない？」

この問いにも、早坂はダッシュボードの上の煙草を拾い上げ、平然と唇にのせる。火をつける様も、憎らしいほど余裕たっぷりだ。

ふうとひとつ煙を吐き出したあと、抑揚のない声で先を続けていった。

「磯村《いそむら》高次、二十一歳。土木建築会社の原田組《はらだぐみ》に勤務。独り暮らしのアパートには半年前から、曽我部《そがべ》実琴、同じく二十一歳を居候《いそうろう》させている。ふたりが知り合ったのは二年と八ヵ月前。某《ぼう》パチンコ屋でひと悶着《もんちゃく》あったときに、磯村高次に曽我部実琴が加勢したのがきっかけだ——ああ、そういえば磯村くんには可愛い彼女もいるそうじゃないか。普通のＯＬなんだってな。杉山里江《すぎやまりえ》だっけ？　明るいいい子だってもっぱらの評判だ」

一言も出てこなかった。ただじっと早坂を見つめる実琴の横で、高次が息を呑《の》んだのがわかった。

「まだ聞きたいか？　今度は曽我部くんのプロフィールといこうか？」

どうやら甘かったのは、自分たちのほうだったらしい。早坂は無防備に自分たちに仕事を依頼したわけではなかった。

こちらの弱みを摑《つか》んだうえなのだ。

「いい。もう十分だ」

やっとそれだけ口にすると、満足げに早坂が頷く。彼女の名前まで出された高次は実琴より衝撃は強かったようで、唇に歯を立て、じっと早坂を睨みつけていた。

「交通手段は？」

この問いには、バイクと答えが返る。

吸いさしを灰皿で捻《ひね》り消した早坂は、昨日と同じく右手を出してきた。

「大事な物だ。お姫さまをエスコートするみたいに、慎重に扱ってくれ」

今日はその手を握り返す気にはなれず、紙袋を持って車を降りる。いまになってやめておけばよかったと悔やんだところで手遅れだ。

いや、さっさと完遂して百万いただけばいいだけのこと。楽勝と内心で自身を鼓舞し、早坂の車に背を向けた。

「健闘を祈ってるよ」

その一言を最後に走り去っていく車を見送ってから、ようやく肩の力を抜く。自分で思う以上に緊張していたのか、紙袋を持つ手のひらが汗ばんでいた。

「くそっ。あの野郎。小便止まっちまったじゃねーか。結石が悪化したらどうしてくれんだ」

隣で高次が悪態をつき、縁石を蹴《け》る。

「俺がひとりでやるよ」

もともと自分が受けて、高次を巻き込んだだけだ。彼女の名前まで把握されていたのでは高次が二の足を踏むのは当然だし、実琴にしてもこれ以上の迷惑をかけたくなかった。

「ばか言うな」

だが、鼻息も荒く一蹴《いっしゅう》される。高次は高次で退けない理由ができたらしかった。

「あそこまでコケにされて、このまま引けるか。上等じゃねえか。きっちり運んで、さくっと金もらおうぜ。相手の出方によっちゃ、吹っかけてやらあ」

中指を立てる高次を前に、実琴は生返事をする。

高次がいれば心強い。半面、どうしても引っかかりを拭《ぬぐ》えずにいる。それはこれから実琴が向かわなければならない場所のせいだし、捨ててきた過去のせいだった。

「行こうぜ、実琴」

高次に促される形でバイクを停めていた場所へと移り、仕事にとりかかる。

高次は自分の、実琴は高次の友人から借りたバイクにそれぞれ跨《また》がり、すぐに出発した。持参したリュックに入れた背中の紙袋がやけに重く感じるのは、中身が気になっているからだろう。

駐車場を出て公道に入ってからは、一気にスピードを上げ、とろとろと走る車を次々に追い越していった。

Y市なら高速を使えば、途中休憩を入れても四、五時間で着くはずだ。

時刻は午後三時過ぎ。いまから出れば八時頃には着くだろう。

高速を走るのは久しぶりだ。正確に言えば三年ぶりになる。

十八歳のときに家を出て、ヒッチハイクしたトラックの窓から夜の風景を眺めた。当時の自分にはなにもかもが未知で、もう引き返せないと感傷的な気持ちになっていたのを思い出す。

十八の無知な子どもも二十一になり、いまでは野宿も平気だ。

酒や煙草、ギャンブルも憶えた。

それから、女。みな短期間だったし、なかには一夜限りの関係に終わった相手もいたけれど、数人の女性の体温とやわらかさを知った。

三年あれば、変わるには十分な歳月だ。実琴はもう子どもではないし、ひとりで生きていける。

脇道に入った高次のバイクに続き、速度を緩めてパーキングエリアに入る。当時の感傷に引き摺《ず》られていたことに気づき、実琴はフルフェイスのメットと一緒に振り払う。

実琴自身はそれほど空腹を感じていなかったが、腹が減ったとぼやく高次に合わせてステーキ定食を注文した。百万を手にする前祝いだ。

めずらしく言葉少ない高次に、実琴も黙々とステーキを頬張った。早々に食事をすませてレストランを出ると、申し合わせたわけでもないのにバイクへは戻らず、トイレへ足を向けていた。

周囲に誰もいないことを確認してから、高次が口火を切る。

「どうする？」

質問の意味は問うまでもなかった。

「どうするって、どうしようっていうんだよ」

「だから、ちらっとさ」

実琴にしても箱の中身は気になっている。見るなと忠告されれば、誰しも見たくなるだろう。

「……そうだよな。自分たちがなにを運ばされてるのかくらい、知る権利はある」

「ああ。当然の権利だ」

意見が一致し、実琴は恐る恐る紙袋から箱を取り出す。まるでプレゼントのように綺麗にラッピングされてた箱を手に、ごくりと喉が鳴った。

高次を視線を合わせて頷いたとき、奥からばたんと音がする。反射的に箱を紙袋に戻してそのほうを見ると、男が個室から出てきた。

男子トイレに男がいるのは当たり前のことなのに、いまの実琴には誰だろうと怪しい男に見えてしまう。

ごく普通のシャツにスラックスを見につけた、体格のいい四十代とおぼしき男は、他にいくらも空いているにも拘《かか》わらずすぐ傍《そば》までやってくると、手を洗い始める。

鏡越しに目が合った途端、にいと男の口角が吊《つ》り上がった。

「俺ならやめとくな」

ひどく掠《かす》れた、ひしゃげたような声でたった一言口にする。あとは知らん顔で巨体を左右に揺すりながらトイレを出ていった。

「チ、チビるかと思った」

先に口を開いたのは高次だ。高次は長い息を吐き出し、かぶりを振った。

「べったり張りついてやがったってことか」

つまりは信用されていなかったというわけだ。脅しに屈するのは腹立たしいが、よけいな真似《まね》はしないようがよさそうだ。

高次も同じなのか、行こうと力なく外を示す。高次と一緒にトイレを出た実琴は、おとなしくバイクへ戻り、ふたたびリュックを背負って出発した。

この先は休憩はとらずにまっすぐ目的地を目指す。まもなくあたりは薄暗くなり、Y市へ到着したときにはすっかり夜になっていた。

料金所を抜け、高速を降りるとすぐ路肩に停車した。

「どうする？　泊まるところ」

「あ……ああ」

曖昧な反応を返した実琴を、高次が怪訝そうな目で見てくる。

「どうしたんだよ。昨日から変だぞ」

不思議に思うのは当然だ。実琴自身、戸惑っている。

もうこの街には帰らないと決めていた。少なくとも自分から近づくことはないだろうと。

それなのに、たかだか三年で舞い戻ってしまった。

なぜ早坂の依頼を断らなかったのか。百万は確かに大金だが、行き先を聞いたときに断ることはできたはずなのに。

「……べつに、なんでもない。疲れただけだ」

軽く答えたつもりだが、語尾が上擦った。幸いにも高次は気づかず、スマートフォンを使って宿泊先を探しているようだ。

実琴にその必要はない。生まれ育った街だ。どこにどんな建物があって、どう行けばいいのかよくわかっていた。

「なんだ、みこっちゃん」

スマホに目を落としたまま、高次が茶化してくる。

「さては、いま頃になってビビッてんな。まあ、しゃあねえけどさ。俺もあのトイレの一件以来、なんか尾けられてるような気がして、落ち着かねえ。どこでもいいから早くホテル探して、ゆっくりしてえよ」

否定したところできっと高次は信じないだろう。それならそれでよかった。

実琴が実際に『ビビって』いるのは得体の知れない男のほうではなく、この街自体。自分の捨ててきた昔を知っている街だと、誰にも話すつもりはない。

「とりあえず、ビジホにでも入ってゆっくりしよう」

高次の提案に同意し、近場のビジネスホテルにチェックインする。順にシャワーを使ったあとルームサービスでつまみを頼み、冷蔵庫から取り出した缶ビールを傾けた。

「やっぱヤクかな」

高次が恐る恐る口にする。

すでに中身に興味を失っていた実琴は、ああと生返事で応じた。

「なんだよ。さっきから変だぞ」

上半身を起こした高次は、怪訝そうな目を投げかけてくる。気づかないふりで、ごろりと寝返りを打つと、わざと欠伸《あくび》をしてみせた。

「疲れただけだって。明日、指定された場所に届けて金を手にしたら、疲れも吹き飛ぶだろ」

「まあ、それならいいけど。大金が絡んでるにしては、なーんかテンション下がりっぱなしだな」

こちらに身を乗り出してきた高次の声には、あからさまな好奇心が滲《にじ》んでいる。

「はは～ん。さては訳ありだな。女か。この街に昔の女がいるのか」

言葉で追及するだけでは飽き足らず、実琴のベッドへ移動してくる。顔を覗き込まれた実琴は、反射的に伸びてきた手を叩《たた》き落としていた。

「実琴」

高次が目を見開く。

「あ……悪い」

過剰反応したばつの悪さから視線を外すと、それ以上の詮索はせずに高次は無言で自分のベッドへ戻っていった。

空気を読むことに長《た》けている高次のことだ。女以外でなにかあると察したのだろう。

実琴は煙草に手を伸ばし、煙を深く吸い込んで気を落ち着かせてから重い口を開いた。

「たいしたことじゃない。ちょっと、会いたくない奴がいるんだよ。いろいろあったから、思い出して厭《いや》な気分になっちまっただけだ」

高次も煙草を咥《くわ》え、そっかと軽い調子で返した。

「まあ、誰でもいろいろあるしな。とにかく明日、さっさと届けてとっとと帰ろうぜ」

高次の気遣いに、黙ったまま頷く。

今日だけだ。

明日にはもう用はない。また、ここを出ていくだけのことだ。

なにも気持ちを乱されるほどではないと自分に言い聞かせて、一本吸い終えると硬く目を閉じた。

身体《からだ》は疲れているのに、瞼《まぶた》にちらちらと浮かんでは消える顔のせいでいっこうに睡魔は訪れず、苛立《いらだ》ちばかり募っていく。

結局、ほとんど眠れずに朝を迎えるはめになったのだ。


「みこ」

揺り起こされて重い瞼をなんとか持ち上げると、毎朝起こしてくれるひとの優しい面差《おもざ》しが目に入る。実琴は夢心地でくすくすと笑い、上掛けを額まで引き上げた。

「眠い。まだ寝てる」

「学校に遅れるよ」

言葉とは裏腹に、間近で囁《ささや》かれる声音には少しも急《せ》かす色はない。いつもそうであるように、穏やかでひどく甘い。

「五分だけ」

「駄目だよ。ほら、起きなさい。どうしても起きないなら」

「起きないなら？」

上掛けからそっと覗かせた片目で窺うと、目の前の唇がにっと左右に引かれたまま近づいてきた。

「悪戯《いたずら》するぞ」

「やだ、くすぐったいって。聡久《としひさ》のエッチ～」

「やだなら、すぐ起きる。ほら、みこ」

――みこ。俺の、可愛いみこ。


「としひ……」

耳に届いた自分の声に、実琴は飛び起きた。

白い天井が見える。ここは――どこだろう。

他人の気配に隣に目をやると、寝息を立てているのは――高次だ。昨日、高次とふたり中身の知れない代物を届けるためにビジネスホテルに泊まったのだ。

肩の力を抜き、息をひとつ吐き出す。

汗で額に貼りついた前髪を掻《か》き上げ、不快さに眉をひそめた。

いま頃こんな夢を見るなんて、どうかしている。

家出したばかりの頃は毎日のように見ていた夢だが、最近では少なくなっていた。だから、自分は乗り越えたのだと思っていた。

それなのに元《もと》の木阿弥《もくあみ》だ。この場所にいるというだけで簡単に過去に引き戻されてしまったらしい。

舌打ちをすると、実琴はベッドから起き上がり、バスルームへと足を向けた。シャワーを浴び、汗と一緒にもやもやとした胸のわだかまりも洗い流そうとしたけれどうまくいかず、仕方なくあきらめ、腰《こし》にバスタオルを捲いて出る。

高次はベッドに腰かけ、煙草を吸っていた。

「起きたんだ」

この問いには、ちらりと横目が流される。

「ああ。誰かさんがザーザーザーザーうるせえから、目え覚めちまった」

「――悪い」

素直に謝ったことが気に入らなかったようで、口許を歪めた高次が、ばかじゃねえかと吐き捨てる。なにに対して腹を立てているのか、聞くまでもなかった。

「ったく、いいかげんにしろっつーの。水被《かぶ》るのはやめとけ。見てるこっちが震えてくらあ」

Tシャツに頭をくぐらせた実琴が手を止め振り向くと、銜《くわ》え煙草のままでがしがしと頭を掻く。口振りから、以前から気づいていたらしいことがわかった。

「青い顔して風呂《ふろ》から出てこられりゃ、厭でも気づく。ていうか、『としひさ』って誰だよ?」

「……っ」

ついでのように付け加えられた一言に、実琴は息を呑む。まさか高次の口からその名前が出てくるとは思っていなかったので、言葉が浮かばなかった。

はっと高次は鼻を鳴らした。

「なんで知ってるのかって？　そりゃ知ってるさ。何度かおまえが口にしてるからな。寝言で呼ぶには色気がねえなと思ってたんだが——そのあと決まって、おまえ、水被るだろ」

「…………」

「恨みでもあんのかって思ったけど、そんな雰囲気でもねえし。どっちかといえば、おまえがなんかして罪悪感に悩まされてるふうに見える」

じっと見据えてくる高次に、唇を噛み締める。心配してくれているのが伝わってくるからこそ適当にごまかすこともできなかった。

「そ……んなんじゃない」

やっとそれだけ答えると、高次ががしがしと頭を掻いた。

「悪い。詮索しすぎだな」

謝罪されたせいで、なおさらなにも言えなくなる。格好悪くて、情けなくて、自分で自分が厭になった。

「そういや、あいつ、なにやってんだ？　電話、かかってこねえな」

あからさまに話を変えた高次が、サイドボードの上に置いた携帯を見た。直後、まるで計っていたかのようなタイミングで、着信音が鳴り始める。

携帯に手を伸ばした高次を止め、実琴が電話に出た。

『おはよう。早坂だ。昨日はよく眠れたかい？』

早坂ののんきな声が耳に届いたが、とても挨拶を返す気にはなれずにスピーカーモードにし、用件に入った。

「どこへ行けばいい？」

早く言ってくれと言外に急かす。

『そう焦らなくても時間はまだ十分ある』

相変わらずの口調を聞いて、よけいに苛々してきた。

「いいから時間と場所を教えてくれ。俺たちはさっさと終わらせたいんだ」

『せっかちだって言われないか？　急がば回れ。慌てる乞食《こじき》は貰《もら》いが少ないって昔から言うだろ？』

「善は急げってのもあるな」

早坂が笑う。ひとをわけのわからない運び屋に仕立てておいて、いい気なものだ。

『仕方がない。本当はもっと話をしていたかったんだが、行き先を教えよう。一度しか言わないから、よく聞いてくれ。いいか』

「あ……ああ」

やけにもったいぶった言い方に、先の言葉を待って携帯を握り直した。

『来月、巨大アウトレットモールがオープンする。知ってるか？』

「いや」

目を通す新聞は競馬新聞のみだ。テレビもほとんど見ない生活をしていると、世の中の出来事には疎くなる。

『敷地面積でいえば、間違いなく国内一だ。そのど真ん中に、なにがあると思う？』

「知るわけないだろ」

持って回った言い方に痺れを切らし、投げやりに答える。それについての回答があるとばかり思っていたのに、そうではなかった。

『今日の正午きっかり。時間厳守だ』

早坂の口から出たのは、時刻だけだった。

「時間厳守はわかった。で、その真ん中にはなにがあるんだよ。真ん中っていっても、それだけデカいんなら、どこが真ん中かわかりにくいじゃないか」

『迷うことはない。大きな目印がある』

「……目印？」

『健闘を祈ってるよ』

呼び止める間もなく、プツッといきなり通話は途切れる。出会ったときから早坂は一方的だったけれど、いまのは最初から最後まで意味不明で気持ちが悪い。

「なんだよ」

携帯に向かってため息をついた実琴に、高次も首を傾《かし》げる。こうなってくると早坂にからかわれているのではないかという気さえしてくる。

「とりあえず行ってみるしかないだろ」

苛立ちの滲んだ高次の言葉に同意し、その後すぐにチェックアウトした。

オープン間近のアウトレットモールの場所は、調べるまでもなかった。あちこちに看板が掲げられていて、誘導してくれるのだ。

実琴がほんの子どもの頃は遊園地があった。不況の波に呑まれてまもなく潰れてしまったが、土地は広いのでアウトレットモールには適しているだろう。

近づくと、巨大な観覧車が見えてくる。アウトレットモールに生まれ変わっても、観覧車は新たに設置したようだ。

「部外者が勝手に入れるのか？」

高次の心配は杞憂だった。

セキュリティはどうなっているのかと心配になるほど無防備で、ひとの姿すら見えない。広大な駐車場をバイクで突っ切り、まだオープン前のブランドショップが並んでいる敷地内を徐行で進んでいった。

レンガの歩道に、街灯。ちょっとした休憩スペースにはベンチ。木々が多く、池も設《しつら》えられていて景観は悪くない。まるで外国の街のような雰囲気だ。

「グッチに——こっちはホイヤーか。ったく、世の中金持ってる奴は持ってんだな」

とりあえず指定された真ん中を目指しつつ、高次がこぼす。

「…………」

実琴は返事ができなかった。自分の心臓の音が徐々に速くなっていっていることに気づいていた。

どくどくと、エンジン音よりも自分の鼓動のほうがうるさい。身体じゅうで響いているようだ。

「なんだ。目印って、結局あれじゃないか」

高次が巨大な観覧車を指差す。オープン前で静まり返っているなか、観覧車だけがゆっくりと動いている。

一周するのにどれくらい時間がかかるのか想像できないほどに、大きい。

乗車口の前でバイクを停め、ヘルメットを外すと高次は後方の実琴を振り返った。

「ったく、あの早坂って奴も、どうも妙だよな。観覧車の前なら前とはっきり言やぁいいのにさ。なあ、みこっちゃん」

すでに高次の声も聞き取りづらいほどに鼓動は大きく、速くなっていた。

引き返したほうがいい——頭の中でそんな声が聞こえてくるのだけれど、一歩も動けない。

リュックを摑んでいる手が小刻みに震えてくる。

リュックを見下ろしていた実琴は、数回深呼吸をすると中から紙袋を取り出した。

「……おい、なにするんだよ」

慌てて止めに入られたが、伸びてきた手を振り払う。

「中、なにか確かめる」

「なに言ってんだよっ。ここまで来ていまさら……っ」

いまさらでもなんでも、どうしても中身を確かめなければならなかった。箱を取り出し、丁寧に包んである包装紙を乱暴に破った。

「高次は帰れ。おまえには関係ない！」

「は？　言ってる意味わかんねーって。ああもう！」

実琴の手から箱を取り上げようとする高次と揉《も》み合う。それに気を取られたせいで、近づいてきた車に気づくのが遅れた。

フェラーリ355。

私用の車だ。六速マニュアルのトランスミッションを装備したスポーツカーは、持ち主の趣味ではない。

ドアが開く。降りてきたのは、頭に思い浮かべていたとおりのひとだったのだけれど、実琴を動揺させるには十分だった。

「なんだ。開けてしまったか」

困った子だなと言いたげな、笑い方。

実琴が来ることを事前に知っていたというように、その顔には少しの驚きもない。反して、実琴は膝《ひざ》が震え出し、いまにもその場に座り込んでしまいそうだった。

三年ぶりだ。

三年ぶりに顔を見た。声を聞いた。

三年前も実琴の目にはひどく大人に見えた彼は、いまは昔以上に大人に見える。なんとか膝に力を入れて堪《こら》え、数センチ後退《あとずさ》ったものの、足は鉛を引き摺っているように重く感じた。

「実琴」

「わ……渡さない」

箱を、しっかりと胸に抱え込む。

箱の中身はなんなのか知らない。でも、これが通常の宅配では頼めないものだというのはわかっている。頼まれた経緯、その後の尾行。頭を働かせてみるまでもなく、まずい代物だというのは明らかだ。

それなら、選択の余地はなかった。どうしても渡すわけにはいかない。

「いつからあんな胡散くさい奴らとつき合うようになったんだよ」

真剣に責めたのに、返ってきたのは苦笑だ。

「胡散くさいはよかったな。早坂、おまえは胡散くさいらしい」

スーツの肩をすくめる仕種《しぐさ》に面食らっていると、

「失礼な。ったく、これ以上ないほどに優しく接してやったのに」

フェラーリの助手席から早坂が降りてきた。

「本当だろうな。実琴が怖がることをしたんじゃないか」

「滅相もない。生憎《あいにく》俺はそれほど度胸がないもんでね。途中も危険がないようにちゃんと見守ってました」

早坂が両手を上げる。親しげな様子のふたりに、実琴は立ち尽くすことしかできない。

「……どうなってるんだ？」

戸惑う実琴に、昔と変わらない穏やかなまなざしが向けられた。

「開けていいよ。それは初めから実琴に渡すつもりのものだから」

「…………」

箱を見下ろす。破れかけている包装をすべて解《ほど》き、蓋《ふた》を開けた。

ベルベットのクッションの上に、まるで宝石のようにそっと置かれているのは――カードだ。

取り出してみるとそれは、フリーパス券だった。

この、目の前の観覧車のだ。

「な、んだよ、これ」

「なんだってことはないだろう。遊園地に行って飽きるまで観覧車に乗りたいって言ってたのは、実琴じゃないか」

「なに……言ってんの？」

そんなの言った憶えはない。いや、言ったかもしれない。

両親ともに忙しかったせいでろくろく遊びに連れていってもらえなかったため、普通の家のように家族で遊園地に行って、みんなで観覧車に乗りたいと、言ったような記憶はある。

だが、実琴自身が忘れるほど昔、小学生の頃の話だ。なぜいま頃と怪訝に思うのは当然だろう。

観覧車のフリーパス券とわかり、気が緩んだのか腰から下の力が抜けて、実琴はとうとうその場にしゃがみ込んだ。

はめられたのだと、ようやく気づく。

「こんな回りくどい真似……信じられない」

目の前にいる男を責める。目の前にいるという事実自体、不思議な感じがした。

「回りくどい真似でもしなきゃ来てくれなかっただろう？」

それはそうだ。

初めからこうなるとわかっていたら、実琴は絶対にここへは来なかった。

「おいおいおい、ちょっと待て。いったいなにがどうなってんだよ」

高次が、鳩《はと》が豆鉄砲を食らったような顔をして、あたふたする。

「俺はまだ現状が摑めてねえんだけど。つーか、実琴とこっちのエリートっぽい兄さんって、知り合いなのか？」

高次の問いかけには、指を差された当人が涼しい顔で答えた。

「知り合いもなにも、実琴の兄だ」

「……は？」

驚くのも無理はない。高次には天涯孤独だと話していたのだから。

「マジか」

一言呟いたきり口を閉ざしていた高次は、はっとしたような確信を込めた視線を実琴に流してきた。

「もしかして、このお兄さんが『としひさ』だったりする？」

「……………」

答えたくなかった。だが、実琴が黙っていようと本人が答えてしまえば同じことだ。

「そう。申し遅れてすまない。曽我部聡久だ」

予想はついていただろうに、高次は目を瞬かせる。それだけ衝撃的だったのだろう。

「……用がないんだったら、俺、もう帰るから」

ここにはいたくない。一刻も早く去りたい。その一心でバイクへ足を向けようとした実琴を、聡久が引き止めてきた。

「実琴のための観覧車だ。一番最初に乗ってくれないか」

実琴のためのという台詞に高次はまた驚いているようだが、実琴自身はもうなにがあろうと驚かない。アウトレットモールが曽我部グループのものだとしても不思議ではないし、父親が一線を退いた現在、曽我部グループのトップに立つ聡久になら観覧車のひとつやふたつどうにだってできる。

なにより、聡久と再会した事実の前ではすべてが霞《かす》んでしまってどうでもよかったのだ。

黙り込んだ実琴に、冷静さを取り戻したらしい高次が、乗ってこいよと無責任に勧めてきた。

面白がっているのだろう、早坂も乗れ乗れと煽《あお》ってくる。

「彼らもああ言ってる。実琴、私の頼みをきいてくれないか」

「…………」

頼みなんて、よく言えたものだ。騙《だま》してこんなところまで呼び出しておいて、あげく断られるとは思ってもいない要求をしてきて、それを平然と「頼み」だなんて口にして——。

「……冗談だろ。俺をいくつだと思ってるんだよ。もう観覧車に乗って喜ぶような歳《とし》じゃない」

わざと半笑いで撥《は》ねつけると、聡久は苦い笑みとともに肩を落とした。

「そうか、そうだな。実琴に喜んでほしかったんだが、厭なら仕方がない」

手の込んだ真似をしたわりにはあっさりと退いて、背後のフェラーリを指差した。

「観覧車は駄目でも、車には乗ってくれるんだろう？　三年ぶりの再会だ。兄弟で積もる話をしようじゃないか」

「……っ」

やられたと、思わず舌打ちが出る。初めから聡久の目的はこっちだったのだ。

実の兄だと名乗ったあとで、しかもそれが「聡久」ともなれば、いまここでまた実琴が拒否すれば高次は心配するだろう。根掘り葉掘り詮索してくることはなくとも、家族に夢を抱いている高次が気を使うのは間違いない。

「なにがあったか知らねえが、兄ちゃんが折れてるんだから、話し合ってこいよ」

案の定そう声をかけられ、どうすることもできなかった。

「ああ」

うんざりとした態《てい》を装い、ため息をこぼす。

「しょうがねえから、兄貴と話してくるわ。高次、先に帰ってて。俺もすぐに帰るし」

俺もすぐ帰るという言葉を強調したのは、もちろん故意だ。

「久々の実家なんだろ？　ゆっくりしてこい」

高次の一言には頬を強張らせ、聡久へ向き直る。

無言のまま車に足を向け、助手席に身を入れた。

「早坂、成功報酬を彼に」

その一言で、聡久も運転席におさまる。ドアが閉まり、狭い車内でふたりきりになった途端、実琴は追い詰められたような焦燥感に駆られた。

車を走らせてからすぐ、聡久が口を開いた。

「久しぶりだな」

「………………」

「さすがに三年たつとずいぶんと大人びたね。というより、逞《たくま》しくなったのか」

「………………」

なんと言っていいのかわからない。というより、和やかに話せる聡久の心情が読めない。

唇を硬く引き結んだままの実琴に、さらに聡久は言葉を重ねていく。

「当然と言えば当然だ。すべてを自分だけでやっていかなければならなかったんだから、昔と同じはずがない。えらかったな、みこ」

ハンドルから離れた片手が、前髪に伸ばされる。くしゃくしゃと昔と同じように優しく撫でられ、一瞬にしてあの頃へと戻ったような錯覚に囚《とら》われて、ぐっと胸が詰まった。

感傷などとっくに捨てたはずなのに、聡久の顔を見ると一瞬で思い知らされる。自分は、あの頃と少しも変わっていないと。

だが、せめてそれを聡久に悟られたくはなかった。

身を退いて聡久の手から逃れる。

「……いつから」

いまの口振りでは、実琴の三年を知っているかのようだ。その気になれば居場所を見つけることくらい簡単だったろう。

「そうでもないんだよ。居場所を捜さないように会長に止められていたから。変なところで頑固なのは、似ているから。言い出したらきかない」

どうやら会長というのは、父親のことらしい。そういえば以前、父親が社長だった頃も「社長」と呼ぶ聡久を、子どもの実琴は不思議に思っていた。

理由を知ったのは、中学に上がる頃だ。

実琴とはちがい、聡久は曽我部のすべてを引き継ぐために帝王学を叩き込まれて育ってきた。いっさいの甘えを禁じられていた。それゆえ聡久にとって父親は父親ではなく、社長だったのだ。

六歳の実琴の前に現れたときから。

「でも、聡久は捜させたってことだろ」

責める口調でぼそりと問うと、端整な顔に苦笑が浮かぶ。

「私には実琴を放っておくなんてできない。早坂に頼んで――ああ、そうだ。ちょうどパチンコ屋の住み込みを始めたあたりだったか」

「……結構最初から知ってんじゃん」

「おかげで居場所がわかっているのに手が出せないという苦しみを、たっぷり味わった」

返答に詰まり、唇に歯を立てる。

スーツ姿がすっかり板につき貫禄さえ窺える聡久は自分の知っている聡久とはちがうのに、昔と変わらない笑みとまなざしを向けられただけで実琴は否応なくまだ子どもの、聡久だけを信じていた頃に戻ってしまいそうになる。

なにも考えずにすんで、幸せだった頃に。

肩で息をつき、無理やり過去から自分を引き離す。

「車、変えてなかったんだ」

格好いいからという理由でフェラーリをねだったのは実琴だ。

「もちろん。免許をとったら一番に助手席に乗せてくれるって約束しただろう」

「免許なんてないし」

そんな約束をなんで憶えているんだよと、心中で吐き捨てながらぞんざいに答えた。

「これから取得すればいい」

自分のもとで、というニュアンスに聞こえたのは、おそらく勘違いではないはずだ。聡久が手間をかけたのは、観覧車に乗せるためでも話し合うためでもなく、引き戻すためだろう。

「俺は――」

「みこ」

ふたたび手が伸びてくる。さっきとはちがい後頭部へと添えられると、そのまま引き寄せられた。

こめかみが聡久の肩に触れる。同時にふわりと鼻をくすぐってくる香りは、昔と同じ整髪料のものだ。

「やめろって」

流されそうになる自分を振り払い、実琴は聡久から離れ、反対側のドアへ身体を凭《もた》れかけさせた。

「俺はもう、世間知らずの子どもじゃないんだ」

言い訳にしてはあまりにお粗末だ。

「そうだな」

口では同意したところで、きっと聡久にしてもそう思っているにちがいない。

いくら虚勢を張ったところで、過去の記憶は付き纏《まと》う。きらきらとした宝石みたいなそれを実琴自身が忘れられないのだからどうしようもない。

三年離れていたところで、同じ場所に縛られているも同然だ。

顔をしかめた実琴は、以降口を閉ざし、車が目的地へと着くまでずっと窓の外を睨んでいた。

2

実琴が初めて聡久と会ったのは、十五年前の春だ。

父親に連れられていった先のレストランで、綺麗な女のひとと、それから中学に上がったばかりの聡久と出会った。

実琴が六歳で、聡久は十二歳だった。

大人の話にやがて飽き、じっと座っているのが苦痛になって椅子《いす》の上でごそごそしていたときだ。聡久が手を差し伸べてくれた。

——外に出ようか。桜がすごいよ。

——うん！

人見知りの激しい子どもだったというから、これは異例の出来事だったらしい。父親ですら驚き、もちろん歓迎した。

それは女性と実琴を対面させるために設けられた席で、まもなく父親と彼女は結婚したのだ。

実琴は、単純に兄ができたことが嬉《うれ》しかった。なにより兄が聡久だったことが嬉しかったのだと思う。

いま思い出してみると、呆れるほど自分は聡久に依存し、常に一緒にいたがった。もともと父親は仕事が忙しくほとんど家にはいなかったし、父親の秘書をしていたというやり手の義母も結婚後はべつの部署の責任者におさまり重役に名を連ねたこともあって、聡久とふたりきりになるときが多かった。

それまでは世話係が数人いたけれど、彼らは無用になった。聡久さえいれば、他には誰もいらなかったのだ。

しばらくすると、ときどき父親が聡久を仕事に連れ出すようになったせいで、父親にまでやきもちを焼いて愚図《ぐず》るほど聡久に対する執着は激しかったようだ。

実琴の世界は、聡久そのものだった。

兄に対する思慕を、初めから超えてしまっていたのかもしれない。

本当の意味で超えたのは――実琴が十四歳のときだった。

聡久とキスをした。

それまでもふざけて、犬や猫が鼻先を擦《こす》りつけるように何度か頬や唇をくっつけていたことはあったけれど、ちゃんとキスだと意識してキスをしたのは、このときが最初だった。

よく憶えている。

あの瞬間から、実琴のなかで、兄であるという部分が消し飛び、まもなく「お兄ちゃん」という呼び方もやめた。

その後は坂道を転がり落ちるも同然だった。身体の関係になるまでに、おそらく三ヵ月とかからなかっただろう。

実琴は聡久に溺《おぼ》れ、周囲が見えなくなっていた。


目が覚める。

最初に視界に入ってきた壁の絵に焦点が合った途端、実琴は飛び起きた。

夢じゃなかった。

高次のアパートに絵なんてないし、ベッドさえない。昨日の出来事は現実で、たった一日で実琴の目にするものは急変してしまっていた。

いや、元に戻ってしまったというべきなのか。

「……なんだよ、いまさら」

ふたたびごろりとベッドに転がり、ぼんやりと天井を眺める。なにも考えたくないのに、知らず識《し》らず思考は過去へとさかのぼる。

家を飛び出してからの三年間は、実琴にとってはひどく長いものだった。なにもできない子どもが突然家出し、見聞きすることは衝撃でしかなかった。

最初の一週間は、ホテルに泊まった。ホテル住まいを続けていたら持ってきたお金などすぐに底をついてしまうことに気づいてから、駅や公園で寝るようにしたが、冬場だったらとてもできなかっただろうと、春だったことに感謝した。

さらに幸運だったのは、二ヵ月足らずでその生活を終えられたことだ。通りかかったパチンコ屋の貼紙に偶然目を留め、採用されて、住み込みで働けるようになった。そして、そこで高次と出会ったのだ。

いろんなことを憶えたのもこの時期だ。

まずはパチンコ。そのあとは競馬。

煙草は高次から。酒は高次の友人から。下戸《げこ》の高次とはちがい、意外にも自分は強いほうだった。

そうして、女。

実琴の知っていたセックスとは、まったくちがっていた。きつく抱き締められ、苦痛と紙一重の強烈な愉悦を与えられていた聡久とのセックスに慣れた実琴にとって、女を抱いてその中で果てる行為は生温《なまぬる》く、常に物足りなさが付き纏った。

それでも実琴はいまの生活に徐々に馴染《なじ》んでいき、居心地もよくなっていた。存外水が合ったのか、言葉遣いが乱暴になるにつれて、ずっと昔からこんな生活を送ってきたのではないかと錯覚するくらいにいまではもう違和感はない。

だからこそ、高次の驚きは尋常ではなかったはずだ。

実琴は高次に天涯孤独だと言ってきたので、聡久のような兄がいるとは夢にも思わなかっただろうし、曽我部という名字《みょうじ》でも曽我部グループとは結びつけもしなかったにちがいない。

それを思えば、罪悪感が芽生える。いくらそのつもりがなくとも、高次を騙していたのは事実なのだから。

「……煙草」

確か上着のポケットに入っていたはず、と周囲に視線を巡らせたとき、ノックの音が耳に届く。

入ってきたのは聡久だ。

「おはよう。と言っても、もうお昼だ」

聡久はスーツ姿だ。仕事の合間なのかもしれない。背が高く、肩幅のある聡久はなにを着てもモデル並みに似合う。特にスーツ姿が好きだった。

実琴が家出した当時二十四歳だった聡久は、先月で二十七歳になった。

仕事のときだけ前髪を後ろに流したスタイルは昔と同じだし、切れ長のすっきりとした目も、意思の強そうな唇の形も実琴が知っているものだけれど、どこかちがって見える。

穏やかな面差しに、精悍《せいかん》さが加わったのだ。

おそらくそれは自信の表れでもあるだろう。経験を積み、曽我部のトップとしてあらゆる困難を乗り越えてきたという自信が聡久の印象を変えているのだ。

この三年、実琴がいろんなことを経験してきたように。

実琴はベッドから上半身を起こし、胡座《あぐら》をかいた。

「俺、変わっただろ？　これでもいろいろあったから。聡久が聞いたら、きっとびっくりするようなこともしてきたし」

開口一番の台詞に、聡久が片笑んだ。

昔と同じ笑い方には落ち着かない気持ちになる。聡久の変わらない部分を見せられると、実琴の変わり切れない部分が途端に疼《うず》き出す。

「そうだな。昨日も思ったが少し逞しくなった。顔つきがちがう。言葉遣いも、多少乱暴になったか」

「上品な口聞いてちゃ、俺の世界では生きていけないよ」

これは牽制《けんせい》だ。もう、聡久とはちがう世界にいるのだと、暗に匂《にお》わせたかった。

いや、もしかしたら自分に言い聞かせたいのかもしれない。

「もっともだ」

聡久の笑みが、深くなる。

「早坂からの報告では、かなり頑張っていたみたいだし」

「頑張ってたっていうか、意外に合ってたみたいですぐに慣れた。いまのほうが楽かな。自由気まま、適当にバイトして、適当に遊んで。あ、そういえば高次に金渡してくれたんだよな。あれ、俺と折半なんだよ」

ベッドから飛び下りた。

昨夜強引に着せられたナイトウエアの釦《ボタン》を外しながら、わざと軽い言葉を重ねていく。

「早く高次捕まえなきゃ全部持ってかれる。百万も独り占めさせてたまるかっての――俺の服どこへやった？」

聡久の穏やかな笑みは変わらない。けれど、実琴の問いに答えてくれる気はなさそうだ。

「もう十分だろう」

すぐ間近、頭半分高い位置から見下ろされて、実琴は覚えず視線を彷徨《さまよ》わせる。

「十分って、なにが」

正面から視線を合わせる勇気がない自分には、うんざりした。

「三年あれば、やりたいことはほとんどやり尽くしたんじゃないか」

一方で、聡久に見つめられて鼓動が跳ね上がる。いまだ冷静ではない証拠にほかならなかった。

「――どういう意味？」

「そのままの意味だが。いいかげんに帰っておいで。反抗期にしては、長すぎる」

「そんな……っ」

まるで子どもの我儘《わまま》のような言い方をされて――実際、聡久はそう思っているのだろう――かっとなる。

三年前、どんな思いで家を出たか。過去を思い出していた自分にとってあんまりに無神経な言葉だ。

「会長もみこの帰りを待ってる」

「ああ、そうかよ！　昔から変わらないよな、聡久は。父さんの言いなり。なにより父さんの言葉を優先させるんだ。俺を連れ戻せって、父さんに頼まれたんだ？　冗談じゃない。俺はもう、曽我部とは関係ないんだ。俺のことはもう放っといてくれ。死んだとでも思えって、父さんに伝えておいてよっ」

父親のことを出され、激情が込み上げる。どんなときでも自分を優先してくれた聡久だが、唯一父親が絡んだときはちがう。実琴を後回しにする。

ごめんね、みこ。

何度その言葉を聞いたか知れない。

「実琴」

頬に触れてきた手を、払い除けた。

「曽我部曽我部って、俺はそんなもんいらない。曽我部の家は聡久がいれば安泰だろ。いまさら俺を呼び戻してなにが変わるっていうんだ。曽我部の家も会社も、クソ食らえなんだよ！

俺にとっちゃ、なんの価値もない」

これは本心だ。

実琴が欲しかったのは、家でも会社でもなかった。むしろ邪魔だと思ってきた。だから逃げ出したのに、それを聡久も察していたはずなのに、いままた実琴をその中に引き摺り戻そうとする。

聡久自身が。

顔を背け、唇をきつく嚙み締めた実琴の頰に、再度手が伸ばされる。それも厭がって頭を左右に振ったが今度は離れてくれず、そのまま頭を抱き込まれた。

「実琴がいらなくても、私には実琴が必要だ」

「……う、そばっかり。父さんに言われたくせに」

「なんだ。気に入らないのはそっちか」

「全部。全部厭だ。父さんも聡久も、会社も」

責め立てる実琴に、困ったなと聡久が笑う。

「どうしたら厭じゃなくなる？　いっそなにもかも捨てて、実琴と一緒に逃げ出そうか。そうしたら実琴は昔のように私を好きだと言ってくれるだろうか」

「……冗談」

できもしないことをと思うのに、その想像は実琴の心を乱す。誰にも邪魔されずに聡久とふたりでいることこそが、子どもの頃から実琴の望みだったから。

「実琴に嫌われたら意味がない。知ってるだろう？　私にとって実琴はなにものにも代え難《がた》い存在だ」

嘘だと思ったが、今度は口にしなかった。

自分のことを「私」と言う聡久の言葉は信じられない。

親族を前に、自分には見せたことのない硬い笑みを貼りつけた聡久が、「私」と自分のことを言うのを初めて実琴が聞いたのは、九歳のときだ。

聡久は十五歳だった。

話の内容は難しすぎてさっぱりわからなかったけれど、いつも実琴と一緒にいる聡久とはちがうということだけはわかった。

昔、まだ実琴が六歳のとき、「僕」と言っていた実琴に「俺」という一人称を教えたのは誰でもない聡久なのだ。

すごく格好よく思えた。それ以上に、聡久が実琴の前だけ「俺」と口にするのが嬉しかった。

だから実琴も真似をして、ときどき他のひとの前でも使ってしまって叱《しか》られた。

ふたりきりのときだけ誰にも気を使わず、「俺」と言い、学校で流行《はや》っているような言葉遣いができた、それは実琴にとって大事なことだった。

いや、すべていまさらだ。いまさらそれを責めたところでどうしようもない。聡久にとって父が最優先なのは、昔もいまも同じなのだから。

聡久が曽我部の家に入った瞬間から、決まっていたことだ。

「実琴」

聡久が身を屈《かが》めた。近づいてくる唇にぎくりと身をすくませた実琴は、反射的に顔を背けていた。

「……わかったよ。しばらくはおとなしくしてる」

逃げてもどうせまた連れ戻される。父親があきらめるまでは、抵抗したところで無駄になるだろう。

実琴が今度家を出るときは、曽我部の家と完全に決別するときだ。

聡久とも——。

「実琴」

なにか言いかけた聡久をさえぎったのは、携帯の着信音だった。

聡久は胸ポケットから携帯を取り出すと、一言、すぐに行くと告げて、かぶりを振った。

「残念。戻らなきゃいけない。夕方には帰ってくるから、一緒に食事にでも行こうか」

「………」

半ば自暴自棄な気分で頷く。

聡久は手を上げ、部屋を出ていった。

ひとりになった実琴はとりあえず自分の服を探そうと室内を見回し、クローゼットの中を開ける。ジャケットだけは見つかった。

この際文句は言っていられないので適当にシャツとパンツを身につけてみると、どうやら聡久のものではないらしく、実琴にフィットするサイズだった。

自分のためにわざわざ用意してくれたのか。おそらくそれは事実だろうけれど、考えないようにする。物の大切さがこの三年で身に染みてわかっているぶん実琴には重要に思えても、聡久にしてみれば適当に揃《そろ》えた程度のものかもしれない。

物の価値がちがうということは、気持ちの傾け方だってちがうと、それもこの三年の間に学んだことだ。

ジャケットのポケットの膨らみに気づく。

早坂に手渡された携帯だ。

そういえば高次はあれからどうしたのだろう。借り物のバイクも乗り捨てたままにしてしまった。

高次の携帯の番号を押す。

呼び出し音が鳴ったあと、声が聞こえてきた。

『これはこれは誰かと思えば。曽我部の坊《ぼっ》ちゃんが、なんのご用でしょう』

「……え？」

その声に驚く。高次にかけたつもりなのに、出た相手は早坂だ。

「なんであんたが」

『さて、なぜでしょう――なあんてな。その携帯からかけると、他の番号を押しても俺のところにかかってくるようにちょっと細工してあるんだよ』

「そんなこと」

できるのかとか、したら駄目なんじゃないかとか、喉まで出かけた言葉を呑み下す。言ったところでなんの意味もない。

「高次は、どうした？」

代わりに高次の名前を持ち出す。

急にこんなことになって、内心では戸惑っているはずだ。高次のことだから、百万もどうすべきかと迷っているだろう。

『無事に家に帰り着いたから安心していい。なかなか面白い子だ。もともと坊ちゃんと折半するつもりだったと言い張って、五十万しかいらないってさ。きみには不要だとわかっているだろうに』

高次らしい。きっといまも実琴の身を案じているにちがいない。

『なにか伝言があるなら、聞いておこうか？』

早坂の申し出は、思案するまでもなく辞退する。

「いい。自分で電話かけるから」

『それは、しばらくはやめといたほうがいいんじゃないか』

この一言にはかちんとくる。いつ誰に連絡を取ろうと、こっちの勝手。とやかく言われる筋合いはない。

『俺はよかれと思って忠告してるんだぞ』

が、この後やんわりと窘《たしな》められて、自分の甘さを思い知るはめになった。

『考えてもみろ。捨ててきた生活にいつまでも未練を見せてたら、おたくのボスはいい顔しないと思わないか。おとなしくしてれば緩む手綱を、自分からみすみすきつくさせるのは、賢いやり方とは言えないだろう』

「…………」

『しばらくは従順でいて、曽我部の機嫌をとっとくこった』

返事はしないまま、電話を切る。

反抗心は芽生えるが、早坂の言い分はもっともだと思えた。

聡久のやり方に抜け目はない。箱の中身を邪推させるバイト代で実琴を釣り、高次と一緒に呼び出した。高次の存在も利用したのだ。

考えてみればみるほど、腹が立つ。

昔の聡久はただ優しくて、大好きで、手放しで信じられる、ただひとりの存在だったけれど、いまは少しちがう。それは聡久が変わったのか、それとも実琴自身のせいなのか、わからないけれど。

いや、きっと曽我部のせいだ。

曽我部という家が実琴と聡久を引き合わせ、切り離して、また結びつけようとしているのだ。

「そうは、いくか」

家に翻弄《ほんろう》されるのは御免《ごめん》だ。そんなものに振り回されていたら、どんなに傍にいても常に不安で、いつ引き離されるかと怯《おび》えて暮らさなければならない。

曽我部。

曽我部グループ。

戦後の怪物、妖怪《ようかい》とまで呼ばれたらしい曽祖父《そうそふ》が、政治の世界から足を洗った後に、自分の息子《むすこ》をトップに据えて起こした会社が始まりだと実琴は聞いている。

節操なしだと子ども心にも感じたほどに、ありとあらゆる業界に土足で入っていき、強引に薙《な》ぎ払い、頂点に立っていったのだ。

ホテル、レストラン、アパレル関係。ＩＴ産業。

おそらく世間に認知されていなくても、元を辿《たど》れば曽我部グループの傘下だという会社はごまんとあるだろう。これほどまでに巨大になれば、綺麗事だけでは動いていかないというのもわかっている。

物心ついたときには母親は亡くなっていたため、母といえばいまの義母しかいないが、世間一般でいう母親像と彼女は異なる。母というよりも、父の戦友と言ったほうが近いだろう。

けれど、それで十分だった。

聡久を与えてもらえたから。

実琴のなかにある愛情のほとんどは、聡久から受け取ったものだ。だから十四歳のとき――聡久を受け入れたとき、痛いと泣きはしたけれど嬉しかった。

他人から見れば許されない行為でも、相手が聡久ならいい。もしかしたらこの日を待っていたのではないかと思えるほど充足感を覚えた。

当時は、まさかこんな結末になろうとは少しも想像してなかったけれど。

今回のことは、父親の差し金にちがいない。

実琴を呼び戻して、適当に子会社でも与えておとなしくさせておこうとでも企んでいるのかもしれない。曽我部の嫡子《ちゃくし》である以上、定職も持たずチンピラのような生活をしていては外聞も悪いだろう。

もとより実琴は父親の言うままになるつもりなどない。従うくらいなら、初めから家出などしていなかった。

たとえ父親に責められようと、自分にはどうしても逆らわなければならない理由がある。

「………」

ため息を押し殺す。

実琴は携帯を拾い上げ、ただひとり呼び出せる相手にかけた。さりげなく情報を引き出そうというのが目的だった。

『はいはい、今度はなんですか』

呆れたような声が返ってくる。

「退屈で死にそう」

きっと早坂なら知っているだろう。

この三年間の聡久。

いったいどんな事情でいま、実琴を連れ戻そうとしているのか。

『俺にどうしろと？　絵本でも読んでほしいのか？』

「あんたにも責任があるんだから、俺を退屈させないようにしろよ。でないといまから逃げる。で、捕まったときあんたが勧めたって、聡久に言うよ」

舌打ちが耳に届いた。渋い表情が窺えるほど投げやりな声音で、早坂はわかったと吐き捨てた。

『ったく、性悪な坊ちゃんだ。もっとも曽我部の人間が性悪でないわけはないってか』

それでも、この台詞は気に入った。

実琴がおかしいのが血のせいなら、それも仕方がないとあきらめがつく。聡久には曽我部の血は流れていないものの、実琴以上に曽我部の人間であることを強いられたのだから、その点では同じ穴の貉《むじな》と言える。

『いまからそっちに行ってやる。いい子で待ってろ』

そう返すが早いか、早坂は電話を切る。二十分とたたないうちにインターホンが鳴り、実琴は寝室を出た。

廊下を通り、リビングダイニングに入る。聡久の住居だというのはすぐにわかった。無駄なものはなく、整理整頓されたモデルルームみたいな部屋だ。

昔、片づけの苦手な実琴が部屋を散らかすたびに一緒に片づけようと言ってくれたことを思い出す。

——いつの間にかこうなっちゃうんだ。

——大事なものとそうでないものを分ければいいんだ。

——え～、聡久が分けてよ。

『お迎えに上がりましたよ』

インターホン越しに聞こえた早坂の厭味ったらしい声のおかげで、あっという間に現実に戻る。すぐに行くと伝えて部屋を出た実琴は、鍵を持っていない事実に気づいたが、どうせすぐ帰るからと構わず一階まで下りた。

常勤のコンシェルジュに施錠していないことを伝え、ドアマンが開けてくれた扉を通って外へ出る。と、そこには黒いシボレーに凭れて煙草を吸っている早坂の姿があった。

スーツを身につけているくせに、これほど怪しく見える男もあまりいないだろう。

「どうぞ」

慇懃《いんぎん》に開けられた助手席のドアから乗り込んだ。早坂も運転席に回り込むと、エンジンをかけ、アクセルを踏む。

アプローチを回り、公道へ出たあとは一気に加速していく。

「さて、どこへ行きましょうか」

「どこでもいい。いっそこのままどこか遠くまで走って、俺を捨ててきてほしいくらい」

「これはまた無理難題を」

一蹴されて、そっぽを向く。

「冗談。言ってみただけ。だいたいあんたは、曽我部側の人間だし」

「なんだよ、それは。まるで自分はちがうような言い方だな。坊ちゃんのほうこそ直系だろうに。本来坊ちゃんが背負わなければならなかった重〜い荷物を曽我部が代わりに担いでるとは、思わないのか？」

「………」

幾度となく考えてきたことをいまさら指摘されても、それほど胸は痛まない。そんな時期はとうに過ぎているのだし、実琴を悩ましていたのは他にあるのだから。

「なんだ。聡久が言ったんだ？　血が繋《つな》がってないって？」

「本人が言わなくても、周りにはいろいろとうるさい蝿《はえ》がいるわけよ。あの家で育った坊ちゃんなら、わかるだろうけど」

もちろんわかっている。父親が後継者に聡久を選んでからも、嫡子である実琴にこだわる者から、ありとあらゆる中傷を聡久は受けてきた。

実琴を担ぎ上げたかった輩《やから》にしても、実琴のほうが御《ぎょ》しやすいという理由だけだった。

「どうでもいいけど、その『坊ちゃん』ってのやめてくんない？　気色わりいんだよ。実琴でいいし。というか、聡久のことを曽我部って呼び捨てにするほうが早坂さん的にはまずいんじゃないわけ？」

「残念だったな。それは御当人了解済みだ。俺と曽我部はもともと高校の同級生だからな」

「あ、そう」

どうりで馴れ馴れしいはずだ。とはいえ、聡久相手に馴れ馴れしくできる早坂のほうが変わっていると思う。

「ついでに教えてやろうか」

「なにを」

気のない返事をした。

どうせろくでもないことにちがいないし、もし曽我部の家に関してのことなら、自分には関係がない――そう言ってやるつもりだったが、その後発せられた早坂の言葉は、実琴を驚愕《きょうがく》させるには十分だった。

「曽我部が思いあまって義弟を手込めにした話も聞いた。強姦《ごうかん》まがいだったっていうじゃないか。それまで俺は、曽我部をいまいち信用していなかったんだが、その件を聞いてからは俄然好きになったね」

「……う、そだっ」

信じられずに、頭が真っ白になる。聡久が、こんな奴に自分たちのことを話していたなんて受け入れられるわけがない。

あれは、ふたりだけの秘密だった。

「なんだ？　傷ついたって顔してんな。内緒だったのにってか？　べつにあいつはなにがなんでも隠そうとは思ってなかったみたいだぞ。どっちかっていうと、知られて家を叩き出されることを望んでたように見えたね」

「……わかったふうな口を聞くなっ」

俺がどんな気持ちでいたかなにも知らないくせに！

関係ない奴がなんで口を挟んでくるのか。

怒りでこぶしを握り締める。

いや、怒っているのは聡久に対してだ。こんな奴に話したうえ、手込めとか強姦まがいとか、家を叩き出されたいとか——当時から聡久は悔やんでいたとでもいうつもりか。

歯噛みした実琴の隣で、早坂の携帯が着信音を奏でる。ポケットから携帯を取り出した早坂がちらりとこちらを見てきたせいで、実琴にも聡久からだとわかった。

「ああ、例の田辺《たなべ》の件？　息子のほうか。了解」

たったそれだけの会話で電話を終えた早坂は、ひょいと肩をすくめた。

「お仕事を言いつかったから、残念だけど実琴くんとは遊べなくなった」

いったい早坂になんの仕事を頼んだのか。どうせろくでもないことに決まっている。

「いまの、聡久だろ？　なんだって？」

「黙秘権は認められてるんだよな」

なにより早坂の物言いが癇に障り、挑発的な半眼を流した。

「べつに言う必要はないけど、どこの田辺の息子になにをするかって、あちこち手を尽くして探りを入れてみようかな。聡久が命じるくらいだから、それなりの相手だろ」

自分でもそれくらいのコネはあると言外に匂わせる。

早坂が天を仰いだ。

「おいおい、勘弁しろよ。どこが素直で可愛い実琴だ。曽我部の目は節穴か？」

呆れ口調の愚痴には、うるせえよと返す。三年も世間の荒波に揉まれれば、可愛くなくなるのは当然だろう。

「というか、曽我部には俺と会ったことは言わないほうがいい。おまえのために忠告しておくからな。なぜなら、曽我部は俺とおまえが必要以上に接触するのを歓迎しないからだ。その理由はいまさら説明しなくてもわかるだろ？」

「…………」

おそらく早坂は、公私にわたって聡久のトラブルや厄介事の処理を仕事にしているのだ。秘密裏にという部分が大きいだろうから、実琴が早坂と接触するのを嫌うのはわかる。

だが、それを実琴のためだなんていうのは詭弁《きべん》だし、バレて困るのはやはり失うもののない実琴よりも早坂のほうだろう。

「だったらなんでいま、俺と会ってるんだよ」

早坂があの程度の脅しに屈して実琴の相手をしているとは思えない。実琴の質問に早坂はちらりと意味ありげな視線を一度流し、苦笑いを浮かべた。

「純粋に興味だ。カーブやらフォークやら変化球ばっかり投げる曽我部が唯一、直球勝負をしている弟がどんな奴なのか、単純に知りたい」

「なにそれ。意味がわかんねえし」

「まあ、わからなくていいが――なんて言うのかねえ。血の繋がりってのもあんまりアテにならないって思えるくらいに、似てるわ。おまえら」

ははと笑われて、不快になって鼻に皺《しわ》を寄せる。早坂はまったく頓着せず、ぐんとスピードを上げマンションへと車を走らせた。

アプローチで停車すると、礼を言ってから降りる。

ぐるりとこのあたりを一周しただけだったけれど、無理に呼び出した立場である以上しようがない。

早坂が、なるほどと顎をひと撫でした。

「お兄さまが心配になるわけだ」

その一言を最後に、走り去っていった。

小さくなるシボレーを見送る実琴の頭のなかは、ついさっき知った事実でいっぱいになっていた。

自分との経緯を赤の他人に話したという事実だけでも衝撃だったのに、聡久がそれを後悔しているとわかっては、とても平静ではいられない。

後悔なら確かに実琴だって数え切れないほどしてきたが、自分の後悔と聡久のそれでは意味合いがちがうのだ。

実琴の後悔は、自分のため。聡久をあきらめなければならない自分が可哀想《かわいそう》で、情けないから。

でも、聡久の場合はちがう。すべては実琴への情のせいだ。

実琴がなにより厭なのは、同情されることだった。そんな情ならいらない。

聡久の気持ちを知りたくて早坂に会ったものの、聞かなければよかった――そんなことを思うこと自体情けないとわかっているけれど。

唇を引き結び、踵を返す。

ここには長くいられない。聡久の傍にいればいるほど自分を憐《あわ》れむはめになるだろう。

一刻も早く元の生活に戻らなければと、改めて決意を固めたのだった。

約束どおり、夕刻に聡久は戻ってきた。

昼間早坂と会ったことも、そこで聡久との電話を聞いたこともちろん口にしない。早坂の忠告を受け入れたわけではなく、実琴が口出しをすることではないからだ。

「ひとりにさせて悪かった」

帰ってくるなり謝罪した聡久は、朝に言ったとおり外へと実琴を連れ出す。てっきり外食のためだとばかり思っていると、その前に美容院に立ち寄り、髪どころか頭の天辺から爪先《つまさき》まで好きなように弄《いじ》られた。

一度断ったものの強く抗議できないのは、自分の身なりが乱れていると自覚しているからだ。出かけるにふさわしい格好をしなければ、聡久に恥をかかせてしまう。見栄《みえ》を捨て切れていないとも言える。結局、いまだ曽我部の名前を意識せずにはいられないのだ。

それでも堅苦しいスーツではなく、ゆったりとしたシャツ、カジュアルなスラックスとジャケットを選んでくれたのは、聡久なりの気遣いだろう。

変身に二時間かかってしまったせいで目的地である料亭に着いたのは、もう少しで二十時になろうかという頃だった。

楊貴楼《ようきろう》という店名には実琴も聞き覚えがある。父親の口から、その秘書の口から、それ以前にも祖父の口から何度かその名称を耳にしたのだ。

曽我部家御用達《ごようたし》の料亭のようだが、気になるのはこの店を選んだ聡久の真意のほうだった。

格子戸《こうしど》をくぐり、小さな池のある前庭の中央に伸びる石畳を歩く。正面入り口には着物姿の女性たちが待ち構えていて、実琴たちを出迎えてくれた。

「曽我部様。お待ち申し上げておりました」

立派な屏風《びょうぶ》と見事な花を横目に靴を脱ぎ、長い廊下を進んでいく。中庭の見える渡り廊下を越え、離れへと案内された。

曽祖父、祖父、父が密談をする様子を思い浮かべるとなんだかおかしくて、笑いを堪えていたおかげで少しも緊張しなかった。

二十畳の和室の中央に、紫檀《したん》のテーブルが置かれている。ごく普通の和室に見えても、床の間に掲げられている水墨画の掛け軸や、ひと抱えもある壺《つぼ》は、普通とは言い難《にく》い値段であるだろうことは確認するまでもない。

用意された席に向かい合って座ると、聡久が目を細めた。

「さすがだな」

言葉の意味がわからず首を傾げる。

「なにが？」

「私が初めて会長に連れられてここを訪れたときは、緊張して手が震えたよ」

緊張する聡久は想像できない。逆に言えば、常に気を張って生活していたのだとも考えられる。

「女将」と、聡久が女性に声をかけた。

「私の弟の実琴です」

実琴を見る女将《おかみ》の瞳の色がわずかに変化したことに気づく。曽我部聡久の連れてきた客は誰だろうという好奇心が、ああ、これがあの不肖の弟かと呆れに変わったとしても不思議ではない。

「まあ、そうでしたか。お噂《うわさ》だけは前会長や前社長から常々お聞きしておりましたが、実際にお会いできるなんて、光栄ですわ」

阿呆《あほ》らしい――声に出さなかったことを褒めてほしいくらいだ。曽我部に接してきた彼女はおそらく実琴が嫡子であると知っているにちがいない。

実琴は女将の挨拶を無視した。

目の前に料理が並べられていく。この三年一度も口にしたことのない料理ばかりだが、あまり食欲は湧かない。

いまの実琴には、牛丼やハンバーガーのほうが口に合う。

あとは適当にやるからと聡久が女将に断ったので、ようやく脚を崩し、ぞんざいな手つきで髪を掻き上げた。

「なに、これ。お目通しってやつですか？」

皮肉混じりの言葉を投げかけると、悪びれない笑みが返る。

「そう責めるな。顔を繋げておかなきゃいけない人間は、どうしてもいる」

実際には曽我部の血が一滴も流れていない聡久のほうが、実琴よりもよほど曽我部の人間らしい。長年叩き込まれた習慣や思考は、血さえ超えるということか。

「俺になにを期待してるわけ？　俺は、家に戻る気はない。昔の俺とはちがうんだ。それは、聡久だって父さんだってわかってるんじゃないの？」

聡久の視線が一度テーブルに落ちる。その表情からはなにも察することはできない。

「会長も私も、どうしても実琴には甘くなってしまう。でも、実琴もわかっているはずだ。このままじゃいられない。実琴は曽我部の――」

「曽我部の、なんだっていうんだよ！　聡久までそんなこと言うんだ？　いまどき実子もクソもないだろ！　俺は……家の犠牲にはなるつもりはないっ」

一気に捲《まく》し立てた実琴に、聡久が黙り込む。困ったような微《かす》かな笑みを前にして、ずきずきと胸が疼き出した。

我が儘を口にするたびに、聡久は笑って聞いてくれた。困った子だな、そう言って実琴の好きなようにさせた。

しかし、今回はいままでのように我が儘を聞き入れてくれるつもりはないようだ。

実琴を解放してくれないのは、家のため。父の意向。

そこに聡久の意志はないのだ。

「それに、家のために好きでもない女と結婚するのも御免だ。俺は子作りする道具じゃねえ」

ちっと舌打ちした途端、聡久の顔から笑みが消える。

「誰かにそう言われたのか」

眉間《みけん》に深い縦皺を刻み、不快さをあらわにする。

「……べつに、そういうんじゃないけど」

感情に任せて愚痴を並べてしまったことを恥じ、慌ててはぐらかそうとしたが、聡久がそれを許さない。

「いまの言い方で、べつにということはないだろう。誰がどう言ったのか、話しなさい」

聡久にしてはめずらしいほど厳しい口調で詰め寄られ、黙り通すのは難しい。相手を庇《かば》う気持ちもないため、渋々ながら口を開いた。

「葛城《かつらぎ》の叔父《おじ》さん。早く見合いでもして嫁《よめ》をもらって、跡取りを作るのがおまえの役目だってさ。甘やかされて育った坊ちゃんに、それ以外はあまり期待できそうもないからって言われたよ」

笑い話にしたくて、自分ではっと鼻で笑う。

この話には、続きがあった。それからしばらくして、実際に縁談が進んでいることを教えられた。代議士の娘との見合い――初めから実琴の意思などないも同然だった。

漠然とした不安がはっきりと形になって、その瞬間、実琴は家を出る決心を固めたのだ。

「――そうか」

聡久の返答は一言だけだ。だが、いまの話を聡久が頭に留めただろうと確信していた。だからこそ口にしたくはなかったのだが。

告げ口をした決まりの悪さを味わい、箸《はし》を置いて目を伏せる。

「もう食べないのか?」

「腹いっぱい。ごちそうさま」

やはりこんなところに来るんじゃなかった。どう思われようとも断るべきだった。

悔やむ実琴に、

「実琴」

優しい声が投げかけられる。

厭だなと思い、眉根を寄せた。聡久に名前を呼ばれると、なんとも言えず胸が疼く。三年もたったのに、自分はまるで成長していないと思い知らされるのだ。

ふと、影が落ちたことに気づき、実琴は視線を上げた。いつの間にテーブルを回ってきたのか、聡久は実琴のすぐ近くに立って見下ろしてきた。

「……なに？」

屈み込んだ聡久の手が髪に触れてくる。その手は頬を滑っていったかと思うと、ゆっくりと乾いた唇を辿り始めた。

「や……」

やめろよと笑い飛ばしたかったのに、うまくいかない。息苦しさを覚えて頭を左右に振って逃れたところで同じだ。

実琴の気持ちを知ってか知らずか、聡久は見つめてくる。その双眸《そうぼう》に内側まで暴かれそうで、呼吸さえままならなくなった。

なんとかしたい。その一心で、口を開いた。

「……そういえば今日、早坂さんに会った。高校のときの、同級生なんだって？」

だが、これは失敗だった。早坂に、会ったことを言うなと口止めされていたことを思い出しても手遅れだ。

「早坂は、なにか言ってたか？」

そう問うてくる声は穏やかでも、眇《すが》められた目はどこか冷たさを感じる。心中で詫《わ》びながら、いや、と取り繕った。

「なにも」

「なにもってことはないだろう。会うにはそれなりの理由があるはずだ」

めずらしく聡久は執拗《しつよう》だ。自分が口を割るまで追及するつもりのようだった。

「だから、他愛ない話だったから、それほどよく憶えてないんだよ」

もちろん事実はちがう。憶えていないどころか、聡久が早坂にふたりの関係を打ち明けていたと聞き、少なからず傷ついた。

「嘘つきだな」

「嘘なんてついてないけど」

「だったらどうしてそんな顔をする。早坂になにか言われて厭な気持ちになったから、そういう目をするんだろう？」

そういう目がどういう目なのか、自分ではわからないことを指摘されて動揺する。昔から聡久に隠し事ができたためしがなかった。

　下を向いた実琴の身体に、聡久が両腕を回してくる。すぐに振り払おうとしたが、抱き寄せられてタイミングを逸した。

「可愛い実琴。お兄ちゃんが守ってやる。だからひとりで、そんなふうに傷ついた顔をしないでくれ」

「聡久……」

　聡久が自分のことをお兄ちゃんと呼ぶのを、久しぶりに耳にした。実琴もずいぶん長い間お兄ちゃんとは呼んでいない。

　まるで自分が幼い子どもに戻ったような、そんな錯覚に囚われる。

「実琴」

　顎に指が添えられる。

　そっと触れ合った唇に目を見開くと、

「変わらないな」

　髪にも口づけられた。

「憶えてるか？　なにも知らなかったおまえを宥《なだ》めすかして、最後は押さえつけて無理やり受け入れさせたこと。おまえは泣いて、それでも私にすがりついて『お兄ちゃん、お兄ちゃん』って呼んでくれたよな。あのときから、どんなことがあろうとおまえだけは守ると決めていた。いまでもそれは変わってないよ」

ちがう。そんなんじゃない！

反論したかったけれど、喉に蓋でもされたみたいに声にならなくて、実琴はただかぶりを振った。

聡久は実琴に行為を無理強いしたと思っているようだ。それを実琴が許して、その後も許し続けたと。

もしかして。

はたとある可能性に思い当たり、実琴は戸惑う。いままで、そんなふうに考えてみたことはなかったが、もしかして聡久は実琴が関係を持つのが厭で家を出たと、勘違いしているのではないだろうか。

「聡……」

もしそうなら否定したい。自分の気持ちは自分が一番よく知っている。

聡久を自分だけのものにしたかった。でも、それが無理な願いだというのも十分知っていたから——実琴は逃げ出した。

いま聡久から逃げなければ、もう駄目だと思った。自分から離れるのならまだ堪《た》えられる。でも、もし周囲や、聡久本人に居場所を奪われてしまったとき、自分はどうなってしまうのか、そんな考えが頭を占め、夜中ひとりで震えていた。

このままではいられない。やがて、聡久は父親のすべてを継ぐだろう。実琴は実琴で好きでもない代議士の娘と結婚させられ、おそらくなんらかの地位に名を連ね、曽我部グループの駒になる。

それぞれが敷かれたレールの上を走らなければならない。実琴が曽我部の家に生まれたその瞬間から、聡久が曽我部の名前を名乗ったそのときから決まっていたことだ。

それでも安泰ではない。必ず波風も立つ。すでにその当時、御しやすい実琴を、聡久に血の繋がりがないことを理由に担ぎ上げようとする勢力もあった。

怖かった。

徐々に募っていく恐怖に、実琴は堪え切れなかった。

でも、いまさら本音を告げてどうなるというのだろう。言っても仕方のないことだし、聡久がどう思うか、それを考えるとても口にする気にはなれなかった。

唇を結んだ実琴の手を取り、立ち上がらせる。手を引かれるままに足を動かした実琴の前で、聡久は隣室へと続く襖《ふすま》を開いた。

直後、目に飛び込んできた光景に呻《うめ》き、咄嗟に逃げを打つ。が、間に合わずに背後から抱き締められる。

身を捩《よじ》ったものの、気が動転しているせいか腰から下の力が抜けて畳に膝をついてしまった。畳を這《は》うようにしてなんとか廊下へと出ようとしても、抱え上げられ、戻されてしまう。

実琴は、その場に倒れ込んだ。顔をぶつけそうになったが、すんでのところで支えられたおかげで怪我《けが》をせずにすんだ。

聡久がなにを考えているのかわからない。どうしてこんなことをするのか。自分をどうしたいのか。

「危ないじゃないか。顔が傷ついたらどうする」

まるで逃げるのが悪いとでも言いたげに窘められて、実琴は聡久を見つめた。

「い……厭だっ」

こんなことはしたくない。この三年間寂しさに耐えてきたのに、すべて無になってしまう。

「おとなしくして」

ひょいと実琴を抱え上げた聡久は、隣室に敷かれている寝具の上に下ろした。

「……んで、聡久っ」

返事もなければ、自身の上着の釦を外す聡久に躊躇や迷いもない。実琴の気持ちはことごとく無視される。

片手でネクタイを緩めながら、実琴に近づく聡久を、知らないひとを見るような衝撃を覚えながら見つめた。

聡久は、また自分に同じ思いを味わわせようというのか。いや、あのときはまだ世間知らずだったから、無知だったからと言い訳ができる。

でも、いまはそれではすまされない。

それをわかっているはずの聡久が、こんな真似をするなんて。

これほど残酷なことがあるだろうか。

「い……やだ。も、こんなのは、厭なんだっ」

「みこ」

実琴の上に覆い被さり、聡久は耳許で甘く囁いてくる。ぶるりと震えてしまった自分が厭で、懸命に抵抗した。

「厭だ！　離せっ」

「ごめんな、みこ。でも、みこは必ず俺の望みを叶《かな》えてくれるだろう？」

なんて傲慢《ごうまん》なのか。

「……しひさっ」

ひどい奴だと思う。半面、自分のことを「俺」と言った聡久に心が揺れるのも事実だった。

その証拠に、口では厭だと言いながら満足に抗《あらが》えなくなる。

「みこ」

「……や」

手の上から大きな手が重ねられているだけなのに、聡久を押し返すことさえできなかった。

聡久が昔のように「俺」と口にした、たったそれだけで、あの特別な時間が戻ってきたよ

うに思えてくるのだ。

「泣くほど厭なのか」

頬や鼻先に何度も口づけられて、身体が震える。駄目とわかっていながら聡久を拒絶しきれない自分が情けなくて、悔しかった。

「みこ。泣かないで」

何度も口づけが落ちる。

「泣……いてなんかないっ」

優しい言葉とは裏腹に、聡久は躊躇なく実琴のシャツの前を開く。鎖骨に舌を這わされるたびに腰が跳ね、唇に思い切り歯を立てた。

感情が昂《たかぶ》っていまにも泣いてしまいそうになるが、必死で我慢する。泣いてしまえば昔と変わっていないと自ら認めるも同然だ。

「わかってる、みこ」

肌《はだ》に唇を触れさせたまま、聡久はなんの慰めにもならない言葉で実琴を宥めにかかる。

「わかってるから、これ以上駄々をこねるな。傷つくじゃないか」

「そんな……ぁ」

なにをわかっているというのだ。本当にわかっているなら、少なくとも傷つくなんて言葉で脅してこないはずだ。

「みこが、恋しかったよ」

「……っ」

なんてずるい男だろう。そして、自分はなんて愚かなのか。

胸の先を舌ですくわれ、声が出る。そうされながら手のひらで素肌をまさぐられて、実琴はいとも容易く陥落した。

身体じゅうを隈なく辿られて、胸の奥からとろりと蕩《とろ》ける。

「あ、あ……や」

すでに言葉などなんの役にも立たない。器用な指に下着の上から中心をなぞられ、脳天まで快感が駆け抜ける。

「うぅ……んっ」

ゆっくりと撫でられて、じれったさに腰が震えた。

「膨らんできた。汚さないうちに脱ごうか。なあ、みこ」

「やだ……脱ぎた……くない」

「どうして。汚れたら帰りが困るだろう。まさか実琴は女将に下着を用意させるつもり？」

「あぁ」

スラックスが脚から抜かれる。無意識のうちに腰を浮かせて協力していたことに気づき、慌てて下着を両手で押さえたが、なんの役にも立たなかった。

「困った子だな」

聡久が舌を覗かせ、見せつけるように自分の上唇を舐《な》めてみせたからだ。

「好きだったろう？　自分から脚を開いて『もっと』ってねだってたよな、みこ」

脳裏に、過去の行為や自分の嬌態《きょうたい》をよみがえらせた実琴は、羞恥心《しゅうちしん》を煽られたせいでなおさら身体を熱くする。実琴の身体を実琴自身より知っている聡久にかかれば、ささやかな意地など泡のごとく消えてなくなる。

「うぅぅ……ん」

「後ろまで垂れるほど前を濡《ぬ》らして、早く来てって俺を急かした。憶えてるかい？　すごく可愛かった」

「ふっ……う……っく」

我慢していた涙が、とうとうこめかみを伝い落ちる。

下着を下ろされても実琴にはもう止められなかった。

聡久の視線にさらされた性器が、ひくりと震えるのがわかった。

「俺のみこ。どこもかしこも前と変わらない」

吐息が下腹を撫でていく。そのまま臍《へそ》に舌を差し入れられて、引き攣れたような喘《あえ》ぎがこぼれた。

さらに下に滑っていく唇に、否が応にも期待が高まる。

「ああ、そういえば彼女がいたな。三年の間に六人だったか。どの女が一番よかった？　一番長く続いた三番目の女か。半年もたなかったってことは、そう本気でもなかったんだろう」

「……っく……ひぅ」

舌先でちろちろと先端を舐められながらの質問に、まともな返事ができるわけがない。

実琴の彼女の人数まで知っているどころか、別れた時期まで把握している聡久を責めたくても、いまは言葉にならなかった。

「……聡久」

我慢するにも限度がある。どうしようもなくなって腰を突き出すと、ようやくあたたかい口中に包み込まれた。

「あ……んっ、や、あぅ」

頭では駄目だとわかっていても、身体が裏切る。吐き出したい欲求に支配され、他のことがどうでもよくなる。

「聡久、聡久……っ」

もっと深く！

唾液《だえき》を搦《から》めてたっぷり濡らして、唇で締めつけながらすすってほしい！

昔教え込まれたやり方を身体が思い出す。実琴の心の声が聞こえでもしたのか、すぐに希望は叶えられ、呆気《あっけ》なく頂点へと押し上げられた。

聡久の口淫《こういん》は深く力強い。他とは比較にならない。

彼女たちを比べた聡久をひどいと思っておきながら、実琴自身が常にそうしてきた。

肌の感触。体温。匂い。力強さ。

聡久とのセックスに比べたら、他はすべて子ども遊びも同然だった。

「あぁ……い、すご……あ……んっ」

「いいか、みこ」

音を立ててしゃぶられて、実琴はシーツを掻き寄せ、内腿《うちもも》を痙攣《けいれん》させる。

「う、うん……いい……あ、い……く、いく、もうっ」

「口と手とどっちがいい?」

「口が、いい、口でして……そのまま吸っ……あぁっ」

目も眩《くら》むほど激しいクライマックスを味わう。最後の一滴まで搾《しぼ》り取ろうとするかのようになおも唇で扱《しご》かれて、我を忘れて乱れた。

絶頂に動けなくなった実琴の脚を、聡久が抱え上げる。

このあとの手順を知っているが、下半身に力が入らないのを言い訳にされるがままになる。

実琴の腰を返し、双丘を割ってそこをあらわにした聡久が吐息をこぼす。達したばかりだというのに、たったそれだけのことで背筋が痺れ、自分の入り口が蠢《うごめ》くのがわかった。

「綺麗なままだ」

「ひぅっ」

あたたかくねっとりとした感触に、身体が跳ねる。実琴のその場所は巧みな舌に逆らえず、解け、蕩かされる。

「よかった。もし実琴が他の誰かに許していたら、俺は嫉妬に狂って相手になにをするかわからない」

「いやぁ……聡久ぁ……ねがい。お願い、だから」

もう自分がなにを言っているのかもわからない。

すすり泣く実琴を、聡久は小さく笑う。

「思い出さないか。初めてのときも実琴は懇願してきた。ずっと泣いてて、本当に可哀想だった。俺に無理やり犯されたあとも怒ればよかったのに、俺の手をずっと離さなかった。あのとき実琴が俺を軽蔑して寄せつけなくなっていたら、状況はちがっていたのかもしれないのに――そうすればこれほど、実琴を穢《けが》すこともなかったかもしれない」

勝手なことを。

どうして自分が聡久を軽蔑できるだろう。最初こそ驚きはしたものの、少しも厭ではなかった。二度目からはむしろ嬉しかった。

大好きだったのだ。

「聡久……ぅっく」

だが、それを伝えるつもりはない。伝えたところでどうしようもない。

「いまもそうだな――ごめん、みこ。こんなお兄ちゃんで」

自虐の滲んだ謝罪に、なにか言わなければと口を開く。が、実琴が発したのは、喘ぎ声だけだった。

「あ、あぅぅ」

一方的に話す聡久は、実琴の言葉を封じようとでもいうのか愛撫《あいぶ》を強くする。

「いや……だぁ……も、舐めな、いで」

「嘘つき」

「あぁ」

――どうしようもない。

もう駄目だ。こんなに蕩かされてしまったら、きっとすぐに挿《はい》ってしまう。指で広げられてそこを聡久の熱い昂りに貫かれるのだ。

最後の行為から三年もたっているというのにその感覚がはっきりと思い出されて、実琴は自分の身体が十八のまま止まっていると自覚した。

世間の荒波に揉まれて成長したと思っていたのは、所詮まやかしだ。実際は細胞のひとつひとつまで聡久を忘れていない。だからこそ聡久のすべてにこんなにも反応してしまうのだ。

「昔みたいに素直な実琴がいいな。聡久もっと――そう可愛い声でねだってほしい」

「あぁ」

濡れてほぐれた場所に、ずるりと異物が挿入される。

指。聡久の指だ。

最初に長い中指を深く挿《い》れて、中を探って実琴の性感帯を見つけ出すとゆっくりと刺激し始める。それから人差し指も加えて奥まで道を作る。それが聡久のやり方だった。

「ひぁっ、そこ……っ」

強い快感に身体が仰《の》け反《ぞ》る。聡久は実琴が反応したところを執拗に責め始める。

「い……やぁ……聡ひ……あぅぅ」

頭が真っ白になり、もうなにも考えられない。高い場所に押し上げられたまま、気がおかしくなりそうだ。

終わらせたい一心で性器に手をやったが、即座に外される。

聡久はじわじわと実琴を追い詰め、逃げ道を塞《ふさ》ぐつもりなのだ。

「聡久ぁ……」

射精よりクライマックスよりたちの悪い終わり方を、厭というほど知っている。何年たっていようと、あの強烈な感覚は忘れられるものではない。

すべて聡久が実琴に教えたことだ。

「も、いきたい……っ。聡久、お願……」

ひくっと喉が鳴る。そのつもりはないのに、ぽろぽろと涙をこぼしながら懇願していた。実琴にできるのは聡久にすがることだけだ。

「久しぶりにお兄ちゃんって呼んでくれないか？」

聡久が甘い吐息混じりにそそのかしてくる。

すでに拒絶しようなどという気持ちは残っていなかった。

「あぁ……にーちゃ……」

請われるままの言葉を口にする。

「可愛い、みこ」

「あうぅ」

いきなり指を引き抜かれた。思わず息を吐き出した、そのタイミングを逃さずに聡久は実琴を俯《うつぶ》せに固定すると、上から体重をかけてきた。

「ひぅ」

焼けつくような痛みが身体を貫く。苦しいほどの圧迫感を味わう。だが、これこそが自分の望みだった。

息をするのが精一杯で、身じろぎひとつできない実琴の内側を、聡久はゆっくりと時間をかけて支配していった。

「……っく……ぅん」

指で散々弄《もてあそ》ばれた場所を熱くて圧倒的な存在で満たされ、実琴が味わったのは充足感だった。

もう、声すら出ない。

背後から抱き締めてきた聡久が、くり返し自分の名前を呼んでくる声に恍惚《こうこつ》となる。

「可愛い実琴。おかえり」

夢の中で何十回、何百回聞いた言葉に、実琴は身も心も委ねた。いまだけと、自分に言い訳しながら。

3

「なんで坊《ぼっ》ちゃんがここにいるんですかね」

事務所兼自宅らしい部屋のドアを開けた早坂《はやさか》が、サングラスを頭にのせつつ眉《まゆ》をひそめた。

「鍵が開いてたんだ。不用心だよ、あんた」

帰宅してみたら他人がいるのだから、驚くのは当然だ。

「ちがう。俺が言ってんのはそういうことじゃねえ。俺に近づくなって忠告を破って……いや、それよりもおまえ、ここの場所をどうやって知った」

応接用とも思えない、あふれんばかりに吸い殻のたまった灰皿の置かれたテーブルの上に両足をのせ、ソファに背中を凭《もた》れかけさせた姿勢で、実琴《みこと》は上目を早坂に投げかける。

「あんたが言ってたんだろ？　高校の同級生だって。卒業名簿を手に入れて他の同級生に連絡したら、三十一人目であんたの居場所を知ってるひとにヒットしたよ。人材派遣会社をやってるとかって、そのひとは思い込んでたけど」

室内をぐるりと見回す実琴に、早坂が舌打ちをする。不機嫌な顔を貼りつけてずかずかと入ってくると、デスクにどかりと腰《こし》を下ろし、ポケットから煙草《たばこ》を取り出した。

「それで？　曽我部《そがべ》の坊ちゃんが俺になんの用だ。言っておくが、退屈だからとか、暇つぶしだとかそんな言い訳なら聞かねえぞ。忠告を破ってまで来たんだからな」

苛立《いらだ》たしげな様子で火をつけ、灰皿を引き寄せる早坂の表情から察するに、本気で疎ましいと思っているようだ。

実琴にしても歓迎されるなんて期待はしていなかった。

「ものは言いようだよなあ。人材派遣。確かに俺のときも、高速の途中で何人か派遣してもらったっけ？　すっごいキャラの濃い奴《やつ》」

雑誌、新聞、衣服等いろいろなものが散乱した部屋だ。生活スペースはドアの向こうらしく、生活用品は見当たらない。

「俺がつけてやったオプションのことか？　そういやえらくビビってたな。お洩《も》らししたんじゃないのか？　ん？　坊や」

「……ムカつく」

テーブルから足を下ろし、早坂の煙草に手を伸ばした。一本取り出し唇《くちびる》にのせると、ライターを放ってくれる。

それを使って火をつけ、実琴は煙を吐き出した。

「チンピラファッションはやめたんだな。それがいい。はっきり言って似合ってなかったぞ」

「大きなお世話」

いま実琴が着ているのは、白い春物のセーターに肌触《はだざわ》りのいいコットンパンツだ。やめるもなにもこの手の衣服しかないのだから、選択の余地はなかった。

「煙草も聡久はいい顔しないんじゃないのか？　あいつは吸わないだろう——ああ、もしかしてこっそり隠れて吸ってんのか？　苦労するなあ、おまえも」

愉《たの》しげな口調でからかってくる早坂を、黙って受け流す。どうせなにを言ったところでからかいのネタを提供するだけになるとわかっていながら愉しませてやる必要はない。

唇から指へと吸いさしを移し取って、実琴は水を向けた。

「高次《こうじ》、あれからどうしてる？」

早坂に聞きたかったのは高次のことだ。

電話をしてみようかと何度も思ったのだが結局できないまま、一週間がたった。実琴の素性を知った高次がどう思っているかわからず、電話ひとつに躊躇《ちゅうちょ》してしまうのだ。

「ああ、片割れか」

早坂が顎《あご》を引く。

「おまえのことを心配してるみたいだったな。おまえが曽我部の坊だってわかったのに、いまだ『五十万は実琴のモンだ』って言い張ってうるさい。面白い奴だ」

「……そっか」

煙草を持つ手が震える。ごまかすために煙を深く吸い込んだ。

「なんだ、その面《つら》は。まるで大事なものをなくしたみたいな面じゃないか。曽我部の坊ちゃんにはそれこそ、抱え切れないほどたくさんのものがあるだろうに」

「いらねえよ。んなもん」

欲しいのは、たくさんのものではない。ひとつかふたつの、大事なものだ。乾いていく気持ちは、どんなに大量の水で潤されようと満たされることはないのだから。

「戻りたいんだ」

実琴が切り出すと、早坂は探るような半眼を投げかけてきてから、鼻で笑った。聞かなかったことにしてやるとでも言いたげな態度に、実琴は噛《か》みついた。

「いまのままじゃ、息が詰まってどうにかなりそうだ！　なんで俺のこと、放っておいてくれないんだよ。聡久《としひさ》がいれば曽我部は安泰なんじゃん。だったら俺がここにいる必要ないっ」

邪魔になるだけだ。聡久の足を引っ張る真似《まね》は絶対にしたくない。

「その曽我部が、おまえを必要だって言ってんじゃないのか」

面倒くさそうに早坂が答える。

「本気で逃げたいなら、アメリカでもヨーロッパでも好きなところに逃がしてやるよ。けど、そんな覚悟はねえんだろ？　そのへんでうろついてるだけじゃ、俺に言わせりゃ追いかけてきてくれって言ってるのと同じだ。おまえのやってることは結局、曽我部に構ってほしがってるようにしか見えねえよ」

「……っ」

一言も反論できない。

おまえなんかになにがわかる。そう怒鳴ってやりたいのに、どうしても言葉が喉《のど》から上に上がってこないのだ。

唇にきつく歯を立てて、取り乱してしまいそうな気持ちを必死で抑え込む。

「今回の曽我部は本気だぞ。三年前と同じだと思うな。どうしても逃げたけりゃ、おまえも本気で腹をくくることだ」

おそらく早坂は正しい。だからこそ返事ができなかった。逃げたいと口では言いながら、自分は本気で逃げようとしてないのだろう。

なにもかも断ち切って、たった独りで生きていく覚悟が実琴にはまだ持てないのだ。たとえ細い糸であっても聡久と繋《つな》がっていたいと無意識のうちに考えていたような気がする。

それなら早坂の言うとおり、どこに逃げたところで同じことのくり返しになる。

実琴に残された道はふたつしかない。国外逃亡するか、もしくは聡久の傍《そば》で、目を閉じて耳を塞《ふさ》いで息をひそめて、敷かれたレールの上をそっと歩くか。

どちらにしても実琴にとっては楽な道ではない。

早坂は黙って実琴を見ていたが、ふっと短い息をついた。

煙草を捻《ひね》り消し、実琴の座るソファへと歩み寄ってくる。

「おまえの気持ちもわからないわけじゃない。なんなら、曽我部がおまえを手放さなきゃいけないようひと芝居打ってやってもいい。それとも、死んだってことにして裏でかくまってやろうか」

「…………」

実琴は座った姿勢のままで、早坂を見上げた。

「けど、そうなればこっちも命張らなきゃいけないだろうな。なにかよほどおいしい見返りがなけりゃやってられない。そうだろ」

いったいなんの話をしているのか。早坂の言葉の意味を計りかね、首を傾《かし》げる。

直後、肩を押されて実琴は仰向《あおむ》けに転がった。

「やらせろよ」

反射的に起き上がろうとしたが、上からのしかかられたせいで身動きできなくなる。

「聡久を夢中にさせている身体《からだ》を抱かせろ。そうしたら考えてもいい」

俄《にわ》かには信じられない言葉を聞き、早坂を凝視《ぎょうし》する。

「……坂さ」

首筋に口づけられる。それと同時にセーターを捲《まく》り上げられた。

「これはまた、すごい可愛《かわい》がられようだ」

身体に残る痕を揶揄《やゆ》され、首筋が熱くなる。

「や……めろよっ」

ぐいと肩を押し返したが、いったいなにを考えているのか、じっとしてろと命じられた。

「言ったはずだぞ。聡久は本気だって。本気の聡久から逃れたいんなら、他の男にやられるくらいのことで怯《おび》えてるんじゃない」

「怯えて、なんて」

逃げたかったのは本当だ。

マンションに帰ればまた今夜もきっと聡久に抱かれるだろう。やめてと聡久に言おうと、やめなければと自分自身に言い聞かせようと、やめられないのだ。

でも……他の男となんて。

想像しただけでもぞっとする。

「厭《いや》だっ」

胸を撫《な》でられて、怖気《おぞけ》立った。

「敏感だな。どこもかしこも開発済みってか」

「厭だ。やめろ……早坂さんっ」

嫌悪感で吐き気が込み上げる。

暴れる実琴の両手を早坂は頭上で拘束した。体重で押さえ込み、うなじに唇を触れさせてくる。

「絶対、厭だっ……触……んなっ」

身を捩《よじ》って抗《あらが》う。他の男に触られるなんて厭だ。もし聡久が知ったらけっして許さないだろう。

「いまさら純情ぶるなって。毎日聡久にやらせてんだろう。一回や二回、減るもんじゃなし」

「聡久……聡久っ」

頭の中が真っ白になり、悪寒だけが身体の中いっぱいに広がる。歯の根が合わなくなり、奥歯ががちがちと音を立てた。

「あれ、やりすぎたか。ちょっとからかってみただけだ」

両手の拘束が緩む。それでも暴れ続けていると、今度は両肩を押さえられた。

「俺が悪かったって。頼むから暴れるな。怪我《けが》でもさせたら、聡久に殺されちまうだろ」

「放せ！　放せよ！」

怖い。誰にも触られたくない。

自分に触れていいのは、聡久だけだ。

「わかった。放す。放すから落ち着いてくれ。暴れないと約束してくれたら、俺は上から退く」

闇雲に暴れていた実琴は、解放されたくて何度も頷《うなず》く。そうするのは難しかったけれど、何度も深呼吸をして身体から力を抜いた。

早坂はほっと安堵《あんど》の息をつき、約束どおり実琴の上から退いた。

「怪我してないか？　おまえに傷ひとつでもつけたとあっちゃ、俺がひどい目に遭わされる」

その頃には早坂にからかわれたとわかっていたけれど、興奮はなかなかおさまらない。実琴は背中を丸め、震える身体を自分の両腕で抱き締めた。

「ったく、ちょっと脅かしてやろうとしたら、これだからな」

早坂は実琴から離れてデスクに戻ると、さっきと同じように煙草を咥《くわ》える。

「けどまあ、おまえも少しは気づいたんじゃないのか」

「…………」

唇が震えて、なにも答えられない。寒気がしてきて、胸が喘《あえ》いだ。

「マンションに送っていくよ。それでいいな」

「あ……ああ」

断る元気もなく、早坂の申し出を受ける。すぐに早坂の車で送ってもらったが、その間の数十分、実琴は一言も口をきかなかった。

マンションの前で車を降りる。

実琴が中へと入るのを見届けてから、シボレーは去っていった。

部屋に戻ってみると、聡久が待っていた。眉間《みけん》にくっきりと縦皺《たてじわ》を刻んだ聡久は、実際ひどく苛立っているようだった。実琴の顔を見ると、眉間の皺が深くなる。

「早坂のところに行ったのか。よほど気に入ったんだな」

帰宅したばかりなのだろう、まだスーツのままだ。

「聡久――」

正面に立つ聡久を見つめる。

昔から実琴よりもずっと大人《おとな》で、頼ってばかりいた。いまでも同じだ。実琴は聡久に依存し、甘え切って、その腕の中に囲われると幸せを感じてしまう。

どうしても好きな気持ちを断ち切れない。

三年離れたところでどうしようもなかった。おそらく五年、十年、二十年離れても結果は同じだろう。

実琴が逃げたいのは、聡久からではない。

もし聡久と一緒に逃げられるというなら、すべてを引き換えにしてもいい。そんな夢みたいなことを思っている。

昔、誰もいない場所に行きたいと言っては聡久を困らせていたけれど、あのときと自分はなんら変わってはいないのだ。

「聡久。俺を自由にして。もう解放してよ」

聡久の双眸《そうぼう》が見開かれ、わずかに揺らめく。

それもすぐに消え、ふいと背を向けられた。

「無理だ」

簡潔な答えだ。わずかの迷いもない。それどころか無情な言葉を口にする。

「手綱を長くしておけるのも、おとなしくしているという前提があるからだ。あまり言うことをきかないようなら、この部屋から出られないようにするぞ」

「……聡久」

「俺は、もうおまえを手放す気はない」

「…………」

実琴になにが言えるだろう。

ただ、ひとつだけ気づいたことがある。

聡久はどうやら実琴の気持ちがわかっているらしい。実琴がなにに怯え、なにから逃げたいか全部承知しているのだ。

それならなにを言おうと確かに無駄かもしれない。今度は本気だと言った早坂の言葉の意味をようやく理解する。

そして、聡久が本気にならざるを得なかった理由を実琴が知ったのは、この日から一週間後のことだった。

聡久は、義母をマンションにともなって帰ってきた。

戻ってきてたんですねと、そう言った義母に対して特別な思慕はない。幼い頃は聡久にそれも求めていたせいだろう。

親子だけあって義母と聡久は似ている。外見だけなら聡久を年輩にした女性という感じで、五十を過ぎているいまでも振り返るほどの美人だ。

そのうえ頭も切れ、判断力や行動力を兼ね備えた女性だからこそ父は義母を再婚相手に選んだにちがいない。

彼女は一瞬責めるような視線を聡久に送ってから、実琴に向き合った。

「あまりよくないみたいなの」

義母の口から語られたのは、父の病状についてだった。半月ほど前に突然倒れたらしいが、なにも知らなかった実琴にしてみれば寝耳に水ですぐに返事ができなかった。

意識は戻ったものの首から下は麻痺《まひ》したままほとんど動かせないという。

「……それは、寝たきりになるってこと？」

言葉にしても現実味は薄い。不在が当たり前、たまに姿を見ても、頭の中は会社のことばかりで息子《むすこ》には無関心。精力的に働く背中だけを見てきたせいで、寝たきりだと説明されてもピンとこない。

「なぜ今日まで隠してたの。実琴さんにはちゃんとお話しすると、あなたが言ったんでしょう」

母の顔で責めるその様子から、実琴の居場所を彼女に知らせたのが聡久ではないと知る。隠し切れずに渋々連れてきた、そんな雰囲気だ。

半月前なら、ちょうど聡久が実琴を呼び戻した時期と合致する。そういうことかと、やっと納得した。

なぜいまとずっと不思議だったのだ。

聡久は押し黙り、苦い表情で叱咤《しった》を受け入れている。

なにも答えない息子に義母はひとつため息を吐き、また実琴に向き直った。

「このことを知っているのは、まだ一部の役員だけなの。混乱は避けられないわ。会長が回復することをみんな願っているけれど、待っているわけにはいかないというのはわかるでしょう？　会長の望みは、息子たちが手を取り合って曽我部グループを盛り立ててくれること」

そううまくいくはずがない。父親が一線を退いたとなれば、必ず実琴を使って聡久を排除しようとする者が現れる。聡久を身内と認めていない親族がいるのは、義母も承知のはずだ。

「俺は——厭だから」

聡久と争うなんて冗談じゃない。

「実琴さん」

義母が苦笑する。その目は少しも笑っていなかった。

「厭だからで解決する問題ではないことは、実琴さんにもわかっているわよね。いつまでも子どもみたいに『厭』で逃げていてはなにも始まらないのよ」

さすがに父の戦友だけある。威圧感は並みではない。

この件に関しては自分の我《わ》が儘《まま》だし、考えが甘いというのもわかっているが、どうしても頷くわけにはいかなかった。

「待ってください」

俯《うつむ》いた実琴を庇《かば》い、聡久が割って入った。

「一度に言っても、実琴だって整理できないはずです。実の父親が倒れたという事実だけでも、実琴にはつらいでしょう」

義母は聡久と実琴を交互に見る。いつまでたっても腑《ふ》甲斐《がい》ない義弟を守り続ける息子に、呆《あき》れているのかもしれない。

「そうね。今日は帰るわ」

義母はそう言うと、バッグから封筒を取り出した。テーブルに置かれたそれの中身を聡久は知っているのか、無言で義母を見送る。

玄関を出ていく前に、義母は一度振り返った。

「そういえば、一昨日《おととい》の臨時総会に葛城《かつらぎ》さんを呼ばなかったというのは本当？　出張先まで抗議の電話が入ったわよ」

葛城という名前に実琴は顔を上げる。つい最近、実琴は聡久に彼の名前を告げた。彼がいったいどうしたのだろう。

聡久は無表情で肩をすくめた。

「彼は親族というだけで、総会に列席してもなんの役にも立たないでしょう？　いままでなぜ呼んでいたのか、そのほうが不思議なくらいです」

必要ないと切り捨てる台詞《せりふ》に、不審げに義母は眉《まゆ》をひそめる。ひとりでも味方につけたほうがいい時期に敵を増やすなど得策ではないと、誰でもわかることだ。

「そうは言っても、聡久」

義母の忠告を、聡久はさえぎる。

「間違ってもらっては困ります。曽我部グループの代表取締役社長は、私ですよ」

静かに、けれどはっきりと撥《は》ねつけた聡久を、義母はしばらく黙って見つめる。結局、なにも言わないまま帰っていった。

ふたりきりになると、実琴から重い口を開く。

「父さんのこと、知らなかった……悪いんだ？」

聡久は目を伏せ、すまないと謝罪してくる。

「悪くなってるというより、よくなってないと言うべきだろう。実琴にはすぐに伝えるべきだったのに——本当に悪かった」

再度謝罪され、かぶりを振る。

もし事実を告げられて戻ってこいと言われたとしても、実琴は拒絶したはずだ。もう自分は曽我部の家とは縁を切った人間だからと。

一方で、父親のことがあるから騙《だま》してまで実琴を呼び寄せたとわかり、複雑な心境になる。理由がわかってすっきりした半面、新たなわだかまりが生まれる。

聡久の意思ではなかった。その事実にどうやら自分は傷ついているらしい。

なんて冷たい息子だろうか。実の父親が倒れたと聞いて案じるどころか、真っ先に聡久の立場や自分の心情を考えるなんて他人が聞いたらきっと驚くにちがいない。

「明日、病院に行ってみるか」

聡久の提案に実琴は答え淀《よど》んだ。

寝たきりの父親を想像できないぶん、目《ま》のあたりにするのは躊躇《ためら》われる。哀しいとかつらいとかいう普通の感情が湧いてこないからだ。それほど実琴にとっては父親は遠い存在だった。

「明日じゃなくていい」

一言返すと、聡久は黙って頷いた。

どうして放っておいてくれないのか。平穏に暮らしたいというなけなしの願いすら奪おうというのか。

真綿で首を絞められているような感覚を覚え、実琴は睫毛《まつげ》を瞬かせた。

「や……も……ぅんっ」

両手でシーツを掻《か》く。すでにまともな言葉は出ない。思考も飛んでいる。

「実琴」

身じろぎすると、体内に埋められている聡久を感じて、ぞくぞくとした痺れが足先まで走る。もう何度いかされたかわからない。

一度目は、指を挿入されたまま聡久の口中で果てた。二度目はその指で深い場所を擦《こす》られて、堪《こら》え切れず自分で性器を刺激して手の中に吐き出した。

三度目は――。

広げられた場所に聡久が挿《はい》ってきた。その存在に身体が馴染《なじ》んで苦痛がやわらいでしまうと、どうしようもなくなって実琴は自分から腰を揺すった。射精するだけの力はもうなく、萎《な》えた性器からこぼれた蜜《みつ》がとろりとシーツに糸を引くだけだ。

「うぅ、う……やぁ……」

「こんなに泣いて」

「ふ……ぅっく……んっ」

「俺に貫かれて、いっそ泣くだけのものになってしまえばいいのに」

「……も、い……やぁ」

それ以降はもうわからない。

背後から抱き締められ、時折揺すられて、延々と頂点を漂ったまま降りてこられない状態を強いられて気がおかしくなってしまいそうだった。

ひたすら聡久の名前を呼び続けた。


目が覚めると、もう陽《ひ》が高い。

ブラインドの下ろされた、まだ夜の気配を残したままの寝室で実琴はひとり起きる。ここに来て以来、ほとんど毎日くり返してきたことだ。

時計を見ると、すでに十一時を過ぎている。

のそりとベッドから起き上がり、窓に歩み寄って指をブラインドの隙間《すきま》に突っ込む。途端に眩《まぶ》しい陽光が差し込んできて、思わず目を眇《すが》めた。

いいかげんこんなことはやめたい。

ひとりで暮らしていたときよりも高次のところに居候《いそうろう》したときよりも、自堕落な生活だ。

それもこれも聡久のせい。

毎日毎晩しつこくされては、身体の休まる暇がない。聡久はまるで実琴をベッドから起きられなくさせるために、この部屋に縫い止めるために激しい行為を強いているのではないかと、そんな気さえしてくる。

「うわ」

内腿《うちもも》を流れ落ちてくる感触に眉をひそめ、咄嗟《とっさ》に後ろに力を入れる。急いで寝室を出ると、バスルームへ向かった。

バスルームのドアを開けようとしたとき、鏡に映った自分と目が合い、ぎょっとする。

荒淫《こういん》のためだろう、疲れ切った顔だ。肌は白く、目の下には隈もできている。胸元には紅い鬱血《うっけつ》の痕が散らばり——おそらく、見えない場所も同じだろう。

増えるばかりで、消える間がないのだから当然だ。

こんな調子ではプールも温泉も、半袖《はんそで》のシャツを着るのも無理だ。

——俺に貫かれて、いっそ泣くだけのものになってしまえばいいのに。

ぼんやりと記憶に残っている聡久の言葉を思い出し、舌打ちをする。これでは洒落《しゃれ》にならない。

ため息をついた実琴は、鏡から視線を外してバスルームに入った。

熱いシャワーを頭から浴びる。徐々に肌があたたまるにつれ精気が戻ってくるような感じがする。

完全にあたたまると、水に切り替えた。すると心臓がきゅうっと縮んで、芯《しん》から冷えを感じる。堪え切れなくなったところでまた湯にして——また水。儀式みたいなものだ。ここへ来てからは日課になっている。

鬱血の痕も消えないし、腰に力が入らなくても、何度もくり返しているうちに、ひと皮剝《は》がれ落ちて新しい皮膚《ひふ》になったような気分になるのだ。

「……よし」

ようやくシャワーを止め、騙し騙しバスルームを出る。髪を乾かし、服を身につけるとようやく夜の名残《なごり》を振り払えたような気がした。

ダイニングへ移動した実琴は、テーブルの上に置いてあるあたためるばかりの昼食にちらりと目をやる。通いのハウスキーパーが作っていったものだ。

午前中で帰ってしまうので、実琴がハウスキーパーと会ったのは二、三度しかない。おそらく聡久から、寝室には入らないようにと厳命されているのだろう。

それから、実琴が外出する際にはぴたりとあとをついてくる人間もいる。行動を制限されていないのはそのためで、たとえ逃げようとしても必ず引き戻されるということだ。

ひとりで食事をするには、あまりにも広すぎるテーブルにつき、料理を見下ろした。

丸いフランスパンのサンドウィッチ。中身はスライスしたチーズとパストラミ。もうひとつはビーフカツレツのようだが、昼からふたつも食べる気にはならない。あとはサラダと、どうやら冷蔵庫にフルーツがあるらしい。

メモが添えてある。

「コーヒーは、アイスなら冷蔵庫に。ホットはポットに入ってます……か。至れり尽せりだ」

子どもの頃もハウスキーパーがいて、身の回りの世話のすべてを彼女たちが交替で務めていた。聡久が来てからは、料理以外のほとんどを聡久が面倒見てくれた。

聡久が帰ってくるまで、実琴はなにもしなかった。

中学に入ってからも、しばらくはなにもかもやってもらっていたのだから、兄に甘やかされたという次元を超えている。頻繁に聡久を連れ出す父親さえも疎ましいくらいだったので異常というほかない。

機械的に咀嚼《そしゃく》し、飲み下す。旨《うま》いもまずいもない。十分もあれば昼食は終わる。ひとりで食べる食事なんてこんなものだ。

問題があるとすれば、食べ終わってしまうと聡久が帰ってくるまでなにもすることがないということだった。

まるで、小さな頃に戻ったように。

子どもの頃も、学校から戻ってくるとひたすら聡久の帰りを待っていた。聡久には学業の他に父親に連れ回されるという務めもあり、帰宅はいつも夜になった。待つ時間は長かったものの、不思議と退屈だとは思わなかった。いまもそれはあまり変わらないのかもしれない。

一日のほとんどをぼんやりと過ごし、たまに起き上がっても部屋の中を物色するだけ。といっても目的があるわけではなく、聡久の生活を垣間見たい、最初はその程度の感覚だった。

だが、いつの間にか緊張している自分に気づかされる。

自分の知らない聡久。

自分の知っている聡久。

どちらを見つけても、そのたびに鼓動が速くなるのだ。

自分の写真もあった。それから、聡久にあげた学校の工作や絵も。

聡久の誕生日に送ったプレゼントもすべて、マンションで大切に保管されていた。

その事実を冷静に受け止められない。離れたくなかったのだと、ずっと一緒にいたかったと聡久に打ち明けたい衝動が込み上げる。けれど、自分がそんなことを言い出せばまた、あの、困った子だなと言いたげな笑みを見せて、力強い腕に抱き寄せてくれるだろうことも想像できる。

聡久は実琴を飼い殺しにするつもりだろうか。このままずっとなんとなく昼間を過ごして、夜になれば聡久の抱き人形になって——。

苦笑が洩れる。

それも悪くないかと思ってしまうのだから、実琴も聡久ばかりを責められない。一生飼い殺してくれるならそれでもいいなんて、一瞬でも考えること自体どうかしている。

義母が知ってしまった以上、実琴が帰っていることはあっという間に広がるにちがいない。そうすれば親族たちはなんらかのアクションを起こしてくるだろうし、たとえ聡久が社長の立場で対抗したところでひとりの力などたかが知れている。

その先は目に見えるようだ。

実琴は否応なしに祭り上げられ、利用され、聡久の敵になる。父が万全でないいまだからこそ泥沼になりかねない。

聡久が避けたいのはまさにその状況で、だからこそ父親が病床にある事実をなかなか伝えられずにいたのだといまなら実琴にもわかる。

きっと嵐が止むのを待つつもりでいたのだろう。

でも、その嵐が通り過ぎたあとは？

実琴は立ち上がり、チェストの一番下の抽斗《ひきだし》から封筒を手にしてソファへと戻った。

映子《えいこ》の置いていった封筒だ。

聡久は、これを実琴が見たことは知らない。実琴も最初は興味がなかったが、暇にかまけてあちこちを物色しているうちに偶然見つけてしまった。

中に入っていたのは、写真だ。

聡久の見合い写真。目を瞠《みは》るほど美人ではないし、たいして優しそうにも見えない着物姿の女がすました顔で映っている。

聡久も可哀想《かわいそう》だ。会社の利益のために好きでもない女をあてがわれても逆らえない。それが父親のため、会社のためなら自らの感情を殺して従うのが昔から聡久の役目だった。

この女は運がいい。女だというだけで、聡久と結婚できるのだから。

結婚すれば、聡久はこの女を抱く。そうして子どもを作るだろう。

そのとき自分がどうなるか、想像するのは難しい。たまに通ってくる聡久を待つだけの日々を送るのだろうか。

背筋が怖気だった。不安で血の気が引いていく。

独占できるうちは夢心地に思える生活も、そうでなくなれば恐怖でしかない。そんな暮らしをするくらいなら、いっそ死んだほうがマシだ。

ずっとふたりでいたい――たったこれだけのことがこんなにも難しいと何度も何度も思い知らされる。

会社が、家が、父親が、みんながよってたかって聡久を取り上げようとする。いざとなれば聡久自身ですら、そうすることを厭《いと》わないかもしれない。

突然鳴り響いた電話の音に、実琴は我に返った。

『実琴か』

聡久だ。就業時間中に電話をしてきたのは、これが初めてになる。

「どうかした」

すぐには返答が返らない。

実琴が首を傾げると、堅い声が耳に届いた。

『クローゼットの中にあるスーツを着て待ってなさい。迎えの車をやるから』

「……なんで急に」

『臨時の総会だ。実琴を列席させろと言って重役たちが退かない』

誰がなんて問う必要などない。遅かれ早かれ想像できたことだ。大方親族連中がここに実琴がいることを知って、社長室に押しかけたのだろう。

黙っていると、宥《なだ》めるような声に変わる。

『今日断っても、明日またやってくる。それなら一度顔を見せていたほうがいいかと思ったんだが——実琴が厭なら、体調が優れないとでも言っておこうか』

そうしてほしい。実琴が頼めば、聡久は何度でも断ってくれるはずだ。

しかし、何事にも限度がある。どのみち会わなければならないなら、早くすませてしまいたかった。一度顔を見せて、実琴にまったくその気も能力もないことを示せばあきらめてくれるかもしれないと、そんな思惑もあった。

「……わかった」

一言だけ告げ、電話を切る。

その足でクローゼットのドアを開けてみると、いつの間に揃《そろ》えたのかスーツが何着も用意されていた。

実琴はその中から紺のビジネススーツを選んで準備をし、車を待った。きっかり三十分後に迎えはやってきて、数十分後、昔でさえほとんど訪れたことのない本社のビルへと足を踏み入れたのだ。

「お待ちしておりました」

ビル内に入ってすぐ、出迎えの社員が会議室まで導いてくれる。周囲の視線を痛いほどに感じて、らしくもなく手のひらにびっしょりと汗を掻いていることに気づきこっそり上着の裾《すそ》で拭いた。

社員が会議室のドアをノックし、実琴を中へと促した。

大きな楕円のテーブルには、重役たちが顔を揃えている。親族が三分の二、それ以外が残りの三分の一だ。一番奥には、両手を組んだ聡久が座っていた。

「実琴くん。心配してたんだよ」

「ようやく戻る気になってくれたんだね」

「本当によかった。会長があんなことになってしまって、ここは曽我部のためになにがなんでも実琴くんに戻ってきてもらうしかないと、みんなの気持ちは一緒だから」

口々に歓迎の言葉を投げかけられ、不快感で吐き気を覚える。みな自分の利益しか考えていないくせに、心配？　みんなの気持ちは一緒？　厚顔にもほどがある。しかもいまは、明らかに聡久に対する宣戦布告だ。

笑顔の下の欲望が手に取るようにわかり、うるせえと心中で吐き捨てる。

実琴はその場に立ったまま聡久を窺《うかが》ったが、やはり表情からは感情を読み取ることはできなかった。

「実琴、こちらへ」

席を立ち、実琴を手招いた聡久は、実琴が知らない間に培ってきたのであろう「無表情」をその顔に貼りつけ、列席している重役たちに向き直った。

「会長のこともあって体調を崩していたのでしばらく養生させていたのですが」

一度言葉が切られる。実琴が隣に立つのを待ってから、聡久は肩に手をのせてきた。

「このとおり、実琴は戻ってきています」

まるで動物園のパンダにでもなった気分だ。この部屋にいる全員の目が実琴に向けられ、なかにはあからさまに呆れ顔になる者もいる。いくら口で取り繕おうとも、本心が顔に出ているのだ。

当然だろう。逃げ出した無能な息子がいま頃帰ってきたところでなんの役に立つと、内心で見下していたとしても不思議ではない。特に親族外の重役にとって聡久こそが信頼できる後継者で、実琴など目の上のたんこぶ同然なのだから。

「……どうも」

実琴が一言発しただけで、緊迫感に包まれる。なにを期待しているのか知らないが、個々の思惑など知ったことではなかった。

「悪いけど、俺、帰ってきたわけじゃないんだよね。父さんが具合悪いっていうから息子としてはさすがに無視するわけにもいかないからさ。今日も本当はこんなとこ来たくなかったんだけど、社長がどうしてもって言うから仕方なくなんだよ」

反応は面白いほどふたつに分かれた。

無能なりに可愛い坊ちゃんだった実琴のあまりに乱暴な口のきき方に、それ見たことかと啞然《あぜん》となる者に対して、親族は互いに目配せをし合い、動揺をあらわにする。

ただひとり聡久だけが最初から変わらずにいた。

「実琴くんは急なことで混乱しているみたいだし、疲れてもいるんでしょう。ここはこれくらいで……ねえ」

自分たちが駆り出したくせしてそんなことを言い出した親族たちには、心底厭気が差した。血の繋がりがあるなんて、信じたくないくらいだ。

「そうだな。社長はなにかとお忙しいでしょうから、ここは私たちが実琴くんをお預かりす

るというのはどうだろう」

あげくそんなばからしい台詞まで吐くものだから、危うく「ふざけんなよっ」と嚙みついてしまうところだった。いや、実際怒鳴ってやろうとしたのだが、聡久が割って入ったのでタイミングを逸したのだ。

「いいえ。実琴はいままでどおり私が。疲れているというのは本当なので、これで席を辞することを承知してください」

実琴、と聡久が声をかけてきた。

「急に呼び出してすまなかった。もう帰っていいよ」

「ほんと？　よかった～」

再会してからもっとも素直な言葉を、実琴は口にした。

「じゃ、お言葉に甘えて俺はこれで失礼しま～す」

手を上げ、会議室を辞する。わずか十分足らずだったのに、廊下へ出た途端に疲労感に襲われた。

ネクタイを緩めつつ、帰路につく。

実琴がこうすることを聡久はわかっていただろうし、これでよかったのだ。きっと親戚連中は頭を抱えたはずだ。ここまで使い物にならない坊ちゃんだとは思わなかったと。

これで実琴を担ぎ出そうという者もいなくなっただろう。それだけでも足を運んできた甲斐があったというものだ。親族連中にどれほど嘲《あざけ》られようと実琴にはたいして重要ではなかった。

「それにしてもあの顔、見ものだったよなあ」

夜になって帰ってきた聡久に笑いながら水を向けたとき、予想に反して彼は渋い顔をした。最初は、ソファに寝転んで煙草を吸っていたせいかと思ったものの、そうではなかったようだ。

やりすぎだと、吐き捨てるように聡久は言った。

無能で、聡久に反目するだけの度量もないと知らしめたのだから、実琴にとっても聡久にとっても成功だと思っていたのに厭な表情をされるのが意外だった。

「あれでは、自分を自分で貶《おとし》めただけだ」

「いいよ、べつに貶めたって。俺のことを早々にあきらめてくれるんだったら、いくらでもばかにしてくださいよっと」

いまさらそんなことはなんでもないと、肩をすくめる。

聡久の不機嫌は直らない。

「冗談じゃない。おまえが聡明な子だというのは俺が一番よく知っている」

「——聡久」

兄ばかにもほどがある。

――みこは利口だな。

――賢いっていうのは、勉強ができるだけのことを言うんじゃない。算数が少しくらい苦手でも、みこには優れた能力がある。みこの柔軟な考え方と判断力には、ときどき俺もびっくりするよ。

いまに始まったことではなく、なにかにつけ褒められた。

単純な実琴はその言葉を信じて、自分は賢い子なんだとずっと思っていた。というより、聡久に賢いと思われていたいというだけで一生懸命勉強したのだ。

いまは少しちがう。褒められても、自分のことで不機嫌になる聡久を見ても、胸が苦しくなる。あの頃には戻れないとわかっているからだ。

「あいつらに利用されることに比べたら、どうだっていい」

目を伏せた実琴に、まるで自分に言い聞かせているみたいに聡久は強い一言を発した。

「誰にも実琴を利用させはしない。俺が守ってやる」

「………」

胸の奥がざわめく。聡久にこんなふうに言われると、身体の奥底から湧き上がる情動の波に流されそうになる。

どこまでが父の意志で、どこからが聡久の気持ちなのかいまの実琴にはわからない。もっと言えば、社長である立場で口にしているのか、本心からなのか、それすら判断できなくなってしまった。

実琴の顎に、優しい手が添えられた。

「どうしてそんな顔をするんだ？」

まともに視線を合わせられず、苦笑いでごまかす。

「だから、俺はもう、聡久に守ってもらわなきゃいけないほど子どもじゃないから」

否定することしかできないのもそのせいだ。

昔と変わらず甘えてしまいそうな自分。

昔と変わらない台詞を口にする聡久。

でも、昔と同じはずがない。あのとき、漠然とした不安がはっきりとした形になった瞬間から、否が応にも実琴は子どもをやめなければならなかった。

聡久は実琴よりも大人なぶん、もっと早くに気づいていたはずだ。その聡久がなにを思ってまだこんなふうに言うのか。聡久の心情を計りかね、いっそう不安になる。

「そうか。そうだったな」

手が顎から離れた。それを名残惜しく思うこと自体間違っている。

「ひとりで生きていけるくらいに、大人になっているんだったか」

その言い方がまるで責めているように聞こえてしまい、覚えず視線を上げると、自分を見つめてくる聡久の双眸とぶつかった。

いつも堂々としている聡久の瞳が一瞬揺らいだように見え、顔を窺う。が、そうさせまいとでもするかのように、聡久は実琴の腕を取った。

どこへ足を向けるのか、確認するまでもない。なにしろここへ来てからというもの三日にあげず抱かれているのだから。

「厭だって」

決まりきった台詞をここでも口にする。厭だと言ってやめてもらえるとは思っていないのだから、なんの役にも立たないが。

「拒否するんじゃない」

「だったら、離して」

厭だと言って、暴れてみせて。

それでも実琴は、自分が本気で抗っていないことを知っている。

いまさらこんなことに意味はないし、つらくなるだけとわかっているのに、聡久に求められればどうしたって引き摺《ず》られてしまう。

しようがない。終わりがないほどに可愛がられた過去の記憶が重なって、心が先に溺れているのだから。

「みこ」

抵抗する実琴をベッドに押さえつけ、聡久が身につけているものを剝ぎ取る。そうして身体じゅう、隅から隅まで触り、口づけてくる。

「い……った」

きつく吸われたところが痕になるのは、いつものことだ。

「綺麗《きれい》だな。まるで花びらをちりばめたようだ」

「やめろよ」

口で拒絶しながら、抗う力が徐々に弱まっていくのも。胸の先を吸われ、性器に手を添えられる頃にはもう、抵抗どころか腰を浮かせて協力していた。

「あ……聡久っ」

連日の行為に腫《は》れたような感じのするそこに指が触れると、厭だと言いながら勝手に脚を開いてしまう。

「可哀想に。真っ赤になってる」

「や……あぅ」

入り口を優しく指が撫でていく。

ぞくぞくと、尾てい骨のあたりから湧き上がってくるのはまぎれもない快感だ。

「でもほら、ちょっと触ったら緩んだ」

「う……そだっ。ちが……」

「ちがわない。嘘《うそ》だと思うなら自分で確かめてみればいい」

捕らえた実琴の手を、聡久は自身の口へもっていく。人差し指と中指に舌を這《は》わされ、振り払おうにもどうしてもできない。

唾液《だえき》でたっぷり濡らされた指は、次には下半身へと導かれた。

「こんなの……っ」

指先に触れた感触に身体を震わせても聡久は許してくれなかった。

「わかった……わかった、からっ」

「でも、実琴のここは開いてしまったよ」

「や……あ、うぅっ」

自分の中に指を押し込まれる。入り口の締めつけやしっとりと潤んだような内部を直接感じて、実琴は髪を乱して頭を振った。

「やだ……ぁ」

自分の指なのに、擦られた内壁から痺れるような快感は止められない。聡久にされることなら、なんであろうと悦《よろこ》んで受け入れてしまう。

「いいところを自分で探してごらん」

根元まで指を押し込んでから、聡久が実琴の性器に舌を伸ばす。滲《にじ》んできた体液をすくわれ、軽く先端を含まれて、たまらず指を動かした。

「や、あぁ……ぅ」

途端に内部が蕩けたようで、聡久の手が離れてからも実琴は抜くことができなかった。

「……いやぁ、ぅんっ」

口淫が激しくなるにつれ、腰が揺れる。深く差し入れた指も深い場所で動かすはめになる。

「いやらしい眺めだ。乱れるみこが一番可愛い。もっと乱れて」

「ひ……あぁぁっ」

二本挿入していた場所に、さらに聡久の指が捩《ね》じ込まれる。

痛みと、それ以上の愉悦で理性など焼き切れた。それが聡久のだというだけで、実琴の内部は嬉々《きき》として迎え入れ、これまでとはちがう動きで絡みつく。

「ううっ……あ、聡……さっ」

性感帯を知り尽くしている聡久にいいように掻き回されて、実琴は喉を引き攣《つ》らせた。

喘ぎ声も嗄《か》れる。拒絶の言葉もすでに出ない。

性器への刺激で射精する感覚とはまったくちがうクライマックスの激しさよりも、延々とその状態を強いられることが実琴をおかしくさせる。

「みこ。気持ちいい？」

甘い問いかけに何度も頷く。何度達してもすぐに欲しくなる。

実琴の指ごと、ずるりと引き抜かれた。思わず浮かせた腰をさらに高く抱え上げて、正常位で聡久が自身のものを捩じ入れてくる。

「う、うぅ……ぁ、ひ……っん」

「そんなにきゅうきゅう吸いつくと、すぐに終わるよ」

「と……ひさぁ」

「みこは、もっと深いのが好きだろう?」

「う、う……んっ」

「深くしてって言えたら、みこの好きなことをいっぱいしてあげる」

実琴の身体に快楽を刻み込んだ聡久に、いまさら逆らえるはずがない。

快楽の涙で顔をぐしゃぐしゃにしながら、実琴は聡久の首にしがみついた。

「深く、して……もっとぉ……」

「気持ちいいは?」

「……きもちい、から」

ぐいと強い力で腰を引き寄せられた。奥深くまで挿っていた聡久は、そのまま激しく実琴を揺すり立て始める。

「あ、あ、ひぅ、と……しひさ」

「みこ……俺だけの、可愛い実琴」

「あ……うぅ」

頭の中に霞《かすみ》がかかり、なにもかも遠くなる。深い場所に聡久の終わりが叩《たた》きつけられたの

を最後に、実琴は意識を手放した。

あたたかく、心地よい水の中からふいに引き上げられたような感じがして、瞼《まぶた》を持ち上げる。

まだ真っ暗だ。

ベッドの隣に誰もいないことが不安で目を凝《こ》らして周囲を見回してみると、暗闇に慣れてきた視界に窓際で腰かける背中が映った。

聡久の横顔が、薄く開かれたブラインドから差し込んでくる月明かりに浮かぶ。なにを思っているのか、実琴には窺い知ることはできない。

微《かす》かな息をついたのがわかった。

意味なんてないのかもしれない。それでも胸の奥底からもやもやとしたものが染み出してくるのを感じて心が掻き乱される。背中から聡久を抱き締めたい衝動に駆られ、両手を握り締めた。

我慢できたのは、聡久がベッドへと戻ってきたためだ。

慌てて目を閉じた実琴は、隣へと身を滑らせてきた聡久に気取《けど》られないようにするのが精一杯だった。

「……実琴」

小さな声で名前を呼び、一度髪に口づけてきた聡久がそっと実琴の身体を引き寄せる。ガラス細工さながらに自身の腕に包み込んでくれる聡久の優しさに、実琴は泣きたい気持ちになった。

聡久が実琴をどうしようとしているのか、まだよくわからない。

でも、こうなった以上聡久の好きにすればいいと思う。実琴の運命なんてとっくに預けているようなものだから、いまさらどう変わろうと同じことだ。

それほど実琴にとって聡久は特別な存在だった。傷つくのが厭で家を飛び出したけれど、聡久が実琴を傷つける必要があるというのなら仕方がない。受け入れようと決める。

眠ったふりで、聡久の肩に鼻先を擦り寄せた。

結局、どこへ逃げようとも自分は聡久を振り払うことなんてできないと、この数日間で思い知らされたのだ。

すまないが今日の夕食はひとりでとってくれ。出がけに聡久がそう言ったのは、実琴がこのマンションに来て三週間が過ぎた頃だった。

考えてみるまでもなく、毎日夕食時に合わせて帰ってこられるほうがおかしいのだ。頷いた実琴は、ひとりになるや否や、いつもより長い一日をいったいどうやって潰すかに気を取られていた。

いまだ父親の見舞いにも行っていないが、聡久に強要されないのをいいことにまだ迷っている。

義母もなにも言ってこない。実琴の意思に任せようという好意から放っておいてくれるのか、それとも母親として我が子の立場を揺るがすかもしれない実琴をおとなしくさせておきたいのか、判断できるほど義母を知らなかった。

どのみちこれ以上引き延ばせない。いいかげん、現実を現実として実感するのも必要だろう。

ハウスキーパーが帰っていったあと、実琴はタクシーを呼んだ。

病院に到着し、受付で名前を告げた実琴を迎えてくれたのは、知っている顔だった。何人かいる父の秘書のひとりで、子どもの頃には個人的に誕生日プレゼントをもらったこともある。

「お久しぶりです。お帰りになられたのですね」

頭を下げられ、決まりの悪さから軽く会釈を返す。父の秘書たちが実琴についてどういうふうに聞かされているかわからない以上、下手《へた》なことは言えなかった。

「おひとりですか」

そう尋ねられて、頷いた。

消毒液の匂《にお》いのする病院の廊下を、肩を並べて歩く。

「てっきりこちらへは社長と一緒に来られるのだとばかり思っていました。実琴さん、体調はいかがです?」

「体調?」

「ええ、会長のことでショックを受けられて、体調を崩されたと社長からお聞きしていますが」

「あ、そうですね。大丈夫です」

慌てて取り繕った実琴に、秘書は先を続ける。

「社長が本家に戻られないとのことでしたので、もしかしたらお悪いのではないかとみんなで心配していたんですよ。ほっとしました」

初めて知る事実だ。聡久はあのマンションにずっと住んでいるわけではなかったらしい。本家に帰らないことも含めて、実琴を囲うことによって生じる聡久のリスクを想像するとても冷静ではいられない。

「聡……社長は今日忙しいみたいだし、体調もいいからひとりで出てくることにしたんです」

話を合わせた実琴に、秘書は神妙な面持《おもも》ちで頷いた。

「会長がこのようなことになって、いろいろと大変な時期ですから。社長にとっては正念場でしょう」

ちらりと、実琴に視線が流される。

「実琴さんは、どうされるつもりなんですか」

「…………」

答えられるはずがない。自分でどうすればいいのかわからないのだ。

どちらにしても社員にまで心配されているなんて、きっとみんなに厄介な坊《ぼん》だと思われているのだろう。家を出て好き放題しておいて、戻ってきたらきたで嫡子《ちゃくし》だからというのを楯になにもせず贅沢《ぜいたく》な暮らしをしている、と呆れられていてもおかしくない。

とはいえ、いまの生活はまさにそうだ。聡久の好意に胡坐《あぐら》をかいているも同然だった。

「差し出がましいかもしれませんが、社長の御結婚後はどうなさるのでしょう」

「……結婚？」

唐突――ではない。聡久の結婚については実琴も何度か考えたし、実際、義母が持参した写真の件もある。あれはもう、決定したことなのだろうか。確認したい衝動をなんとか抑え、秘書の言葉を待つ。

「そちらですよ」

が、病室に着いたので話は打ち切られ、実琴は目の前のドアに意識を向けた。

ここに、父がいるらしいが、この場に立ってもまだ実琴には信じられない。寝たきりなんて、本当だろうか。

ノックすると中からドアが開き、看護師が姿を見せた。

日当たりがよく、ホテルさながらに居心地のよさそうな病室だ。入り口の近くに飾られている鮮やかな花を横目に、中へ足を踏み入れる。

ベッドに横になっている父親に、一歩、また一歩と歩み寄っていった。

「実琴さんが来られましたよ」

秘書の言葉にも父親は無反応だ。

忙しくしている背中ばかりが印象的で、眠っている姿すら目にしたことがないせいで、チューブに繋がれている父親の姿に衝撃を受ける。

実琴自身は、話しかけることも触れることもできない。

「残念です。ついさっきまでは起きておられたんですよ」

看護師の言葉も耳を素通りしていく。

祖父が亡くなったあと、ひとりで曽我部という大所帯を引っ張ってきた雄々《おお》しい父親だが、実際にはそれほど大きくなかったようだ。自分よりも小柄に見える。

それから、ひどく歳をとって見えた。

いったいいままで自分はなにをやってきたのだろう。

縛られるのが、敷かれたレールの上を走るのが厭だからと逃げ出して、聡久ひとりにすべてを押しつけた。戦いもせずに自分ひとりだけ逃げて、すべてを家と聡久のせいにしてきた。どんな言い訳を並べたところで、自分が傷つきたくない、それだけのために重いものは全部聡久に背負わせてきたのだ。

自分が傷つくことばかり怖《おそ》れて、聡久がどんな気持ちでいるか、まったく考えもしなかった。

思い上がっていた。

「……帰ります」

実琴は半身をひるがえす。秘書が驚いて後ろを追いかけてこようとしたがそれを断り、病院を出るとタクシーを捕まえて飛び乗った。

行き先は、曽我部グループの本社だ。

瞼の裏にたったいま目にしたばかりの父親の姿がちらついている。それから、聡久の顔も。

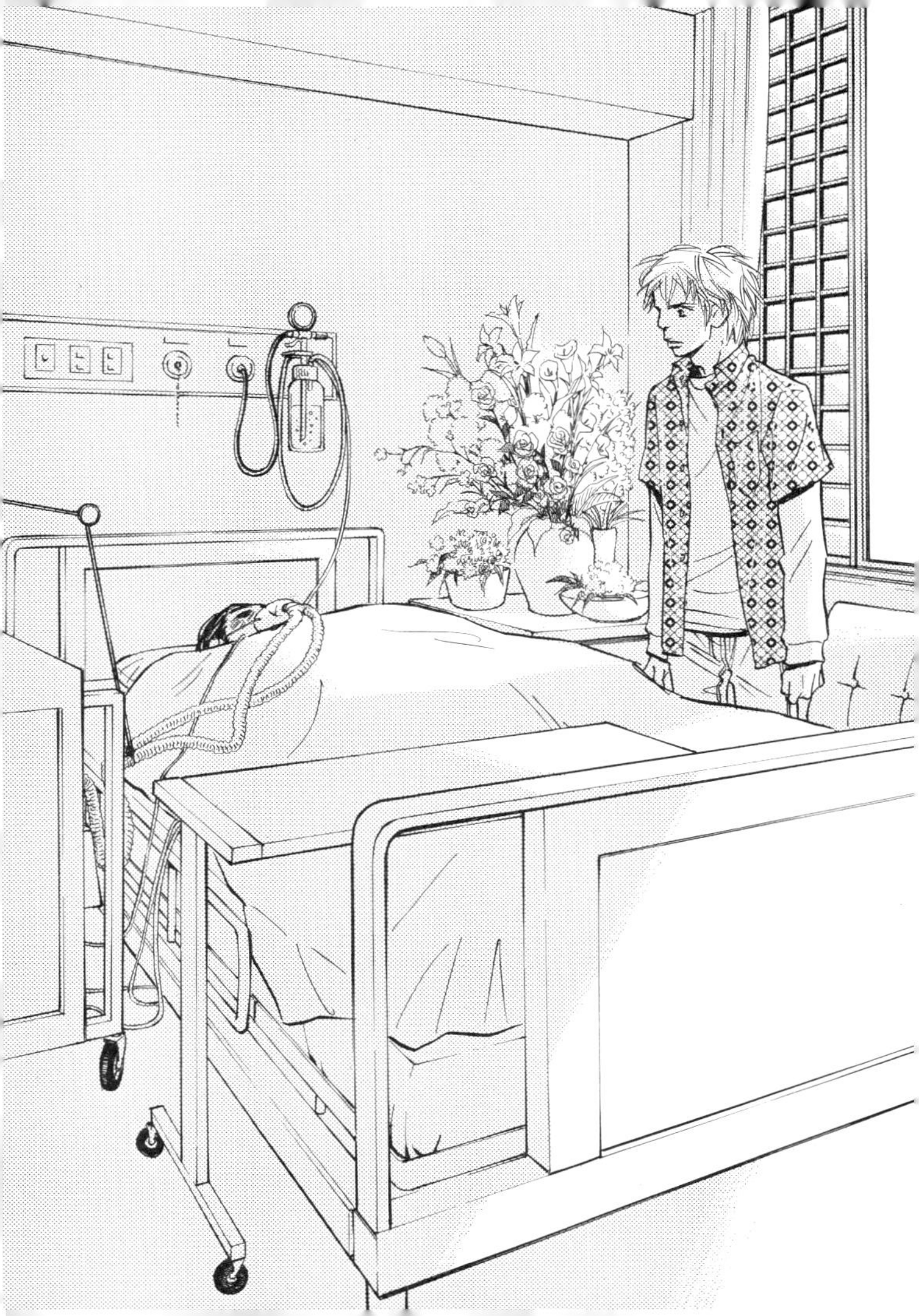

聡久はあの父の姿を見て、どう思っただろう。

会社の行く末。親族、勢力争いのこと。自分の立場。

いろいろなことが頭の中で混ざり合い、ぐちゃぐちゃになる。いつもの自分なら早々に投げ出すけれど、懸命に思考を巡らせた。

聡久の結婚。自分の身の振り方。

――大事なものとそうでないものを分ければいいんだ。

大事なこととそうでないことを整理するために、考えに考えた。すると、ひとつの結論に達する。

「ああ……そうか」

頭の中に残ったのはただひとつ。それこそが実琴にとっての真実だ。

本社ビルの前でタクシーを飛び降り、そのままエレベーターへと駆け込む。最上階のボタンを押して待つ数秒間は、永遠にも思えた。

降りたあと、今度はちがうエレベーターでさらに上階を目指す。暗証番号を打ち込まなければドアさえ開かない、重役だけが使えるエレベーターに、何年かぶりで乗り込んだ。

到着すると、そこにはすでに義母の姿があった。受付から連絡がいったのだろう。

「聡久は？」

実琴の問いに、義母はいったいどうしたのかと聞いてくる。

「急に来てすみません。でも、どうしてもいま聡久に会わなきゃいけなくて」

「いまいないのよ。聡久はプライベートで外出しているの」

義母が聡久を名前で呼んだ以上、母の立場に立っての言葉だ。実琴は、無理を承知で義母に頼み込む。

「ほんの少しでいいから、会いたいんです。どこにいるか教えてほしい」

よほど切羽詰まって見えたのか、戸惑いながら教えられたのは、先日一緒に行ったレストランだった。

礼を言って階下へ戻り、タクシーで聡久のいるレストランへと向かう。ヨーロッパの古城から運んできた石を外壁に使っているという、重厚な雰囲気の店へ実琴が入っていったとき、窓際の一番奥の席に聡久は座っていた。

まっすぐその席へ足を向ける。ウエイターの案内も待たずにずかずかと進む実琴にその場の視線が一斉に集中したが、気にとめる余裕などなかった。

こちらに気づいた聡久が目を見開き、立ち上がる。

「聡久」

まずは押しかけたことに対する謝罪をしてから、少しだけ時間をもらうつもりでいた。が、聡久がまずいという表情を貼りつけたせいで、口を閉じなければならなかった。

聡久には同伴者がいた。テーブルを挟んだ場所に座っているひとの顔には憶《おぼ》えがある。

封筒に入っていた写真――彼女だ。

勢い込んできたのに、一気に気持ちが萎《しぼ》んでいく。そればかりか、動揺して取り繕うことさえできない。

「実琴」

聡久の口から言い訳を聞くのが厭で、構わず捲し立てた。

「なんだ。今日遅くなるって、これだったんだ？　ごめん。知ってたら邪魔なんてしなかったのに――俺、帰るね。ほんと、ごめん」

言い終わるが早いか、その場を離れる。女性への非礼な態度を悔やむ余裕もなかった。

「実琴！」

聡久の呼びかけにも足を止めず店を出ようとした実琴だが、入ってきた客と擦《す》れ違いざまぶつかり、後ろへよろける。

「……みません」

それだけで男の横を擦り抜けようとしたとき、いきなり腕を摑《つか》まれた。そればかりか首筋にナイフを押しつけられてしまい、ただでさえ冷静さを欠いている状態ではなにが起こっているかさえ把握できない。

男は大声で「曽我部」と叫んだ。

顔色を変えた聡久がすぐさま駆け寄ってくる。どんなときでも落ち着き払い、取り乱した姿などけっして見せない聡久なのに、いまは驚くほど動揺して見える。頬《ほお》は強張り、実琴の名前を呼ぶ唇は微かに震えている。

ナイフを突きつけられている状況にも拘《かか》わらず、実琴の意識は傍にいる男ではなく、目の前の聡久に向かっていた。

「曽我部。おまえのせいで散々だ。親父《おやじ》に援助は切られ、家にも出入り禁止だ。全部おまえのせいなんだよ。どうしてくれるんだっ」

額に脂汗《あぶらあせ》をかいた男は、乱れた髪をなお振り乱して聡久を責める。汚れた衣服からは、汗の匂いがした。

「田辺《たなべ》副頭取の息子――だな」

聡久の胸が大きく上下した。懸命に落ち着こうとしているのが伝わってくる。

「ああ、そうだよ。おまえが後ろで手え回したことはわかってんだ。どうせ、曽我部の名前をちらつかせて圧力かけたんだろ？」

――ああ、例の田辺の件？　息子のほうか。

実琴は、聡久と早坂のやり取りを思い出していた。なんらかの事態が起こり、男を排除せざるを得なかったのだろう。直接手を下したのは早坂で、指示を出したのは聡久だ。

「なんとか答えろ！」

吼《ほ》えるように男――田辺が聡久に詰め寄る。と同時にナイフの刃が、実琴の喉に食い込む。

「そうだ」

聡久は頷いた。最初の狼狽《ろうばい》こそなくなったものの、聡久のほうがよほどつらそうに見える。

その目はずっと実琴を見つめたままだ。

「用事があるのは私にだろう？　話を聞こう。だからその子を離せ」

「うるせえ。動くなよ」

田辺が一歩下がった。必然的に実琴も下がることになる。

「その前に警察に連絡するなと指示しろ。話し合いに来ただけだと」

指示されたとおり聡久は店のスタッフや客に告げる。

「これでいいだろう。その子は関係ない。私と話をしよう」

男が首を傾げる。そうして実琴に目が向いた。

「なんだ。他人のことを気にしない曽我部聡久がえらく気にかけると思ったら、弟じゃないか。前社長以上に冷酷だと評判の曽我部のトップも、どうやら身内には弱いらしい」

愉しそうに男が歯を剝《む》いて笑う。

聡久の口許《くちもと》が小さく痙攣《けいれん》した。

「そうだな、まず一緒に親父のところに行ってもらうか。裏取引の情報は間違いでしたと、跪《ひざまず》いて謝れ」

「わかった」

聡久の答えに、なんの迷いもない。ますます相手は調子にのる。助長するのは目に見えているのに、言いなりになるなんて聡久らしくない。

話し合いどころか、これでは命令だ。

「待てよ。先にこの場で土下座でもしてもらおうか。俺の足許に跪いて、ここにいる全員の前で『申し訳ありませんでした』と謝れ。額を床に擦りつけろよ。さあ、やってもらおう」

あまりに屈辱的な要求に店内がざわめく。

それでも聡久に躊躇する様子はない。顔色ひとつ変えず、田辺の好きにさせている。

ここまでじっとしていた実琴は、ふつふつと湧き上がってきた怒りにぎりっと音がするほど歯嚙みした。

「言わせておけばっ。てめえ、許さないっ」

我慢できずに怒鳴る。

「動くんじゃない！」

腕を解《ほど》こうともがくと、田辺より先に聡久に一喝された。その迫力に実琴は動くのをやめて聡久に視線をやると、よく知ったまなざしで見つめられた。困った子だと言いたげな、やわらかなまなざしだ。

「じっとしてなさい。すぐ終わる」

一言告げて、田辺に向き直る。

「土下座をすればその子を解放してくれるんだな。約束してくれるなら、土下座でもなんでも好きなだけしてやる」

「ああ、約束だ」

にやにやと男の口が歪《ゆが》む。

周囲はただ固唾《かたず》を呑《の》んで成り行きを窺っている。

聡久はゆっくりと田辺の前に進み出て、床に片膝《かたひざ》をついた。

「聡久……っ」

悔しい。こんな奴の言いなりになるなんて。

屈辱的な真似を聡久にさせるくらいなら、放っておかれたほうがマシだ。

結局こうなる。実琴は、いつも聡久の荷物になってしまう。

「……そんなことするなっ」

懇願する実琴には構わず、なんでもないことのように平然とした表情で田辺の前にもう一方の膝もつく。見たくなくて実琴は硬く目を閉じた。

直後だ。

「うわ、命知らずな野郎だな」

背後から声が割り込んできたかと思うと、田辺の身体が跳ね上がった。おかげで腕の拘束が緩み、実琴はその隙を逃さず身を沈めて田辺の靴を足ですくった。よろけた彼はなおも手を伸ばしてきたけれど、そこから先へは動けない。早坂が襟首《えりくび》を摑んだからだ。

前のめりに倒れ込んだ実琴を、聡久が抱き止める。ぎゅっと、強い力で掻き抱かれて、安堵に身体の力を抜いた。

「実琴」

耳許で聞いた声を、実琴は一生忘れないだろう。微かに上擦った聡久の声には自分に対する情が込められていた。

きつく聡久に抱きついた実琴の背後で、田辺の罵声が響く。肩越しに振り返ると、早坂に両腕を捻り上げられているところだった。

「ったく、跳ねっ返りの坊ちゃんだ。予測不可能な動きをするから、うちの奴が見失っちまったじゃないか」

どうやらこれは自分のことらしい。

「……なの、知るか」

反論した実琴に、早坂の目が愉しげに細められる。

「なんだ、坊ちゃん。いま頃になって泣きべそか」

「誰がだよっ」

泣きべそなんてかいてない。でも、怖かったのは本当だ。怖くて、悔しくてたまらなかった。

「あんな奴の言いなりになるなんて」

早坂ではなく、聡久を責める。

「実琴」

いつもと変わらない様子の聡久に、いっそうの屈辱を覚え唇を噛み締めた。あんな男に捕まった自分のことが、抵抗ひとつせずに言いなりになった聡久のことが、悔しくてたまらない。

「あんな奴、どうにでもなったじゃん！　俺は自力でも逃れられたし、あんなちっさいナイフなんてぜんぜん怖くなかったんだよ！」

なにより厭なのは、自分が傷つけられることではない。自分のせいで大事なひとが傷つくことだ。

実琴はたったいま、身をもって実感した。

「聡久はなにがあろうと土下座なんてしちゃいけない立場だってわかってるだろ！　なに考えてるんだよ」

昂奮《こうふん》に任せて一気に捲し立てた実琴に、苦笑が返る。

ひどく苦い笑みにそれ以上悪態をつけなくなった。

「そうだな。すまなかった。なにも考えられなかった」

らしくないほど軽く言い捨てた聡久の口許が、自嘲《じちょう》に歪む。その目が自分から離れ、どこか遠くへ向けられたのはどうしてなのか。

間もなく警察がやってきて、騒動は一応の幕を閉じた。早坂が田辺を引き渡し、聡久も実琴も事情聴取を受けてマンションに戻ってきたのが、つい数分前のことだ。

どうやら田辺は曽我部と取り引きのある銀行の副頭取の息子で、裏取引によって荒稼ぎをしていたらしい。今回、曽我部の子会社の情報をリークしようと目論《もくろ》んでいたようだが、それを事前にキャッチした聡久が早坂に調べさせ、証拠を摑んだ後、副頭取に判断を委ねたという話だ。

ようするに、父親に切られた息子の逆恨みだったのだ。

「実琴のことになると、俺はいつも他のことが飛ぶ」

病床の父親の姿を目にした瞬間も、やっぱりそうだったたと聡久は短いため息をついた。愕《がく》然《ぜん》として、頭が真っ白になったあと、真っ先に浮んだのは実琴のことだった。実琴のことしか考えられなかった。そう聡久は言った。

最初は夢でも見ているのではないかと思ったのだという。けれどこれが現実で、受け止めざるを得ないと実感したとき。

「俺の頭にあったのは、実琴を守らなければと、それだけだった」

いまならよくわかる。

父があんな状態になれば、もう歯止めはきかない。普段冷遇されてきた親族のなかには、この際とばかりに騒動を起こそうと企む輩《やから》が出てくる。敵と味方を判断するまで聡久は動けず、自宅でなく目の届くマンションに実琴を呼び寄せたのもそのためだ。さも自分が実琴を懐柔しているかのように見せかけるのが目的だったらしい。

弟まで利用するような男だと非難されようと、聡久には瑣末《さまつ》なことだった。

それほどまでに実琴は聡久に愛され、守られてきたのだ。

「周囲は敵だらけだ。曽我部の家に入ったときの俺は、誰にも気を許さないと誓った。母の再婚前から散々陰口を叩かれて、敵の檻《おり》に入ったような気分だった」

おそらく陰口なんてレベルではないのだろう。少しでも隙があれば陥れようと、虎視《こし》眈々《たんたん》と狙われてきたはずだ。

それに堪《た》えてきた義母も、たった十二歳で腹をくくった聡久も並みの強さではない。

「でも、唯一味方がいた」

聡久がほほ笑む。誰のことなのか、問うまでもなかった。

「俺？」

「そう。一時たりとも気の抜けない生活の中で、実琴といるときだけが安心できた。母親でさえ敵になってしまったのだと疑心暗鬼になっていたあのときの俺にとって実琴がどんな存在だったか、たぶん、おまえ自身でもわからないだろうな」

「…………」

「あんなひどいことをしたあとでさえ、実琴は変わらず俺を慕ってくれた。そのとき俺は誓ったよ。実琴の望むことならなんでもしてやろうって」

「…………」

「実琴が本気で自由を求めるなら、どんなことをしてでも自由を与えてやりたかった。会社が欲しいのなら、誰にもなにも言わせない条件を整えて、会社を譲るつもりだった。それが俺にできる唯一のことだと信じていたから」

そうじゃないと反論したかった。けれど初めて弱音を吐く聡久を前にして、ふさわしい言葉が見つからない。それにいま実琴がなにを言ったところで、慰めにもならないような気がする。

「だが、実琴は俺が考えていたよりもずっと強かったらしい。もうお兄ちゃんの手はいらなくなっていたんだと、気づかなかった」

どちらを選んでも離れ離れになると告げられるような予感に、実琴は震えた。

「可愛くて可愛くて、憎い実琴」

頬に指が触れる。

「俺が、憎い？」

絞り出すように一言口にした。

聡久の答えは、想像もしていないものだった。

「ああ。当たり前だろう。どんなに望んでも、おまえはこの手を擦り抜ける。だから憎いよ」

じっと見つめる実琴の前で、笑みを退いた聡久はすべての感情を封じ込めたような顔をする。

「早坂」

ドアの向こうで待機していたのだろう、早坂がリビングに入ってくる。いろいろなことが一度にやってきたせいで実琴はただ茫然《ぼうぜん》としていた。

「実琴を守ってやってくれ」

たった一言。その一言だけで聡久は口を閉じた。

もう実琴を見ようともしない。

「聡久、俺――」

それなら自分がなにか言わなくては、ちゃんと話し合わなければと思ったのに、早坂に止められる。

「やめとけ。いまのおまえにできることはない」

その言葉は正しかった。己《おのれ》の無力さなんて、この二十一年間で厭になるほど思い知らされてきた。

「……聡久」

聡久の背に向かって、せめてもと告げる。

「俺を憎んだっていいよ。だけど後悔だけは許さない。聡久に後悔されたら、俺はどうすればいいんだ」

捨て台詞のような一言を最後に、聡久のマンションを出る。引き止めてくれるかと期待したけれど、そううまくはいかなかった。

早坂に送られて三年ぶりの実家に戻ることになった。

父もいなければ聡久もいない。昔と同じなのは、数人のハウスキーパーと、義母だけだ。

「御迷惑をかけて申し訳ありません。ただいま帰りました」

誰かから連絡がいったのか、深夜に帰ってきた義母に実琴は頭を下げた。まだ詳しい話を聞かされていないらしい義母は驚いたようだが、快く受け入れてくれた。

「お父さんもきっと喜ぶわ」

と、母親の顔を覗《のぞ》かせて。

その日から実琴は実家の厄介になりながら、一から勉強し直し、大学進学を目指すことにした。

もう逃げないと決めた。

聡久が自分のためになんでも希望を叶《かな》えてくれるというなら、いまは迷うことなく傍にいたいと答えるだろう。それにはどうしても、聡久と同じ土俵に立つ必要があった。

離されるのが怖いと怯える前に、離されない努力をしてみて、それでも駄目だとわかったときに初めて泣けばいい。

それが三年かけて実琴の出した答えだった。


聡久が姿を見せたのは、実琴が帰ってきてから一週間後のことだった。

腹をくっても、聡久を前にすれば心が波立つ。強いはずの意志も、いまにも崩れてしまいそうだった。

夜、机に向かっているときに、聡久から実琴の部屋を訪ねてきた。

いや、訪ねてきたというのは適切ではないだろう。隣は現在も聡久の部屋で、本来なら週のうち半分はここにいるはずなのだから。

「おかえり。遅かったんだね」

聡久が帰ってきたら、さり気なく言おうと何度も練習していたのに、声が上擦ってしまった。舌打ちをしたい気分になりながら、実琴は参考書を閉じた。

「受験するんだって？」

他人行儀にドアを開けっぱなしにしたままで聡久はそう切り出した。

「そう。義母《かあ》さんから？」

「ああ。喜んでいた。やっとその気になってくれたって」

「まあね」

正直義母の気持ちはそれほど気にしていない。実琴がなにより気になるのは、聡久がどう思ったか、そのほうだ。

「会社の駒になってたまるかと反抗してきたけど、俺がこの家に生まれてきたのはどうしようもないし、逃げるばっかじゃなにも始まらないから。べつに、会社に入るかどうかはまだ決めてないんだよね。でも、いまのままじゃ聡久に心配かけるだけだし」

実琴の言葉をどう受け取っただろう。反応が気になる。

聡久は少しの間黙っていたが、やがて、そうかと頷いた。

「てっきり元の生活に戻りたいのだとばかり思っていたが。まさかそんなことを考えていたとは」

「驚いた？」

少しは認めてくれるだろうか。

頑張れと声をかけてくれるだろうか。

けれど実琴の思惑は両方とも外れた。

「そうだな。いずれにしろ実琴がやる気になったのはいい。これで俺も肩の荷が下りる」

聡久は笑みを浮かべてそう言った。

まるで役目が終わったかのような言い方が癇《かん》に障《さわ》る。聞きたかったのはそんな言葉ではない。他のひとに向けるような表面的なものではなく、聡久の本音だ。

「なに、それ。俺ってそんなに重い荷物だったんだ？　まさか俺と一緒に社長の座からも解放されたくなってたりして」

聡久は黙っている。答えないのは、肯定と同じだ。

「聡久、まだそんなこと言ってるんだ。俺のためになんでもしてやろうって、それが聡久の役目だからって？」

椅子《いす》を立ち、聡久に詰め寄る。無言のまま視線を外され、かっと頭に血が上った。

「なんで？　俺が唯一気を許せた子どもだったから？　それとも、聡久の言ってた『ひどいことをした』、その償《つぐな》い？」

否定してくれることだけを祈っていたのに、無理な望みだったとすぐに思い知らされる。

聡久が、そうかもしれないと答えたのだ。

「ちがうとは言い切れない」

「そんなの――」

あまりに残酷な言葉だ。せっかく前に進もうとしても、聡久が認めてくれなければすべて無意味になる。

「聡久の言ってることって、いまの俺を否定してるのと同じだってわかってる？　聡久はいまの俺は不要なんだ。それなら、俺を必要だって言ってくれるひとのところに行く。それでもいいんだよな」

本心ではなかった。でも、まるっきりの嘘でもない。聡久に不要とされたら、自分は他へ行く以外ないのだ。

「あの、高次という友人のところに行くのか」

ああ、と投げやりに答える。

「それもいいかも。だけど、義母さんに受験の間ここにいるって約束してるから——いっそのこと早坂さんところに厄介になるってのはどう？　あっちも監視する手間が省けて、ちょうどいいんじゃないの？」

「早坂は、おまえを必要とは思ってないだろう」

「さあ、それはどうだか。あのひと、俺に興味あるみたいだし。前に俺、迫られたよ」

売り言葉に買い言葉だ。これ以上顔を見ているのが耐えられず、半ば自棄《やけ》で言い捨てた実琴は、部屋を出ようとした。

ドアに辿《たど》り着く前に、腕を摑まれる。

「……なせよっ」

振り払っても、またすぐに捕らえられる。今度は痛いくらいの力だ。

「早坂と、なにかあったのか」

強い口調で聡久が問い詰めてくる。嘘をついてもすぐにわかると言わんばかりに、不快感を隠そうともしてない。

身勝手な聡久には、腹が立ってたまらなかった。

「なんだよ。関係ないんじゃないの？　俺の気持ちなんかどうでもいいくせして、そういうことだけは気になるんだ？　やったって言ったらどうするわけ」

聡久の双眸がすいと細められる。本心を暴くスイッチに指をかけたような気がして、実琴は笑ってみせた。

「やったよ」

「…………」

「だからなんだ。たかがセックスじゃん」

笑い飛ばそうとしたが、できなかった。実琴の目の前で振り上げられた聡久の手が、頬をめがけて飛んできたのだ。

咄嗟にぎゅっと目を閉じると、がつんと鈍い音が響く。が、実琴自身にはいつまでたっても衝撃はない。

恐る恐る瞼を持ち上げてみると、聡久は、壁にこぶしをめり込ませていた。

「な、なにしてんるんだよ！　血が出てるじゃないかっ」

「触るな！」

思わず伸ばした手を、拒絶される。行き場をなくした実琴の手は宙を掻いた。

「おまえの言うとおりだ」

聡久は血の滲んだ手で、苛立ちもあらわに前髪を掻き上げた。

「たかだかセックスで繋ぎ止められると思っていた俺のほうがおかしい」

「聡久……」

「友人のところでも早坂のところでも、好きなところへ行ってくれ。できるだけ遠くにしてもらえると、顔を合わせなくてすむから有り難《がた》い」

名前を呼ぼうとしたけれど、声にならなかった。再会して以来、初めての拒絶だ。聡久と出会ってからこれほどの拒絶されたことなんて一度もなかった。

たとえ理由はどうあれ、常に実琴に手を差し伸べてきた聡久が、実琴の顔も見たくないと言って背中を向ける。

「本気、なんだ?」

返事がない。いや、向けられた背中が聡久の答えだ。こんな本心なら、聞きたくなかった。

「……聡久なんて、大嫌いだっ」

大声で叫び、部屋を飛び出す。その足で家も出て、行くあてもなく街を走った。

やがて息が切れ、走り疲れて歩き始めた実琴は、自分がどこに向かっているのか気づく。

あの日、聡久と再会をした場所だ。

どうしてなのかわからない。実琴のためだと言ってくれた観覧車を見たくなったのかもしれない。この期《ご》に及んでまだ未練がましい自分には、呆れてしまう。

激情を押し殺し、足許ばかりを見つめてひたすら歩き続けて、どれくらいたった頃か。ふと、落としていた目を前へと向けた。

街の景色の向こうに、巨大な観覧車が見える。オープン前のそれは止まっていて、なぜかそのことがさらに実琴を傷つける。

これはすべて現実なのだと、思い知らされたような気分だった。

最初に乗ってほしいと言われて、もう子どもじゃないからと断った。断らなければよかった。もしあのとき素直に乗っていたら、いまの状況も少しはちがっただろうか。

歩みを止め、立ち尽くした実琴は、自分の頬が濡れていることに気づいた。

いまさら泣くなんて、ばかげている。

涙なら、三年前家を出たとき涸《か》れたはずだ。この涙が涸れたらもう絶対に泣かないと胸に誓って、泣くだけ泣いたはずだった。

それなのに、涙があふれて止まらない。

どうしてだろう。

どうしてたったひとつの望みさえ叶わない？

望んでいるのは昔もいまもたったひとつ、聡久の傍にいることだけなのに。

瞬きをしたとき、路肩に見憶えのある車を見つける。

シボレーだ。

実琴が涙を拭《ぬぐ》うのを待ってから、ウインドーが下りた。

「遠くから眺めるだけか」

咥え煙草の早坂が、サングラスの上から視線を投げかけてくる。

「距離を縮めなきゃ、なにも始まらないだろうに」

もっともな忠告には、嗤《わら》うしかなかった。かぶりを振った実琴に、早坂はそれ以上なにも言わなかった。

「尾《つ》けてたんだ。今日は早坂さん自ら？」

ふたたび歩き出す。

「おい」

シボレーはその後ろをゆっくりとついてくる。

「どこに行くつもりだ」

「どこだっていいだろ。俺のことなんてもう、放っとけ」

「それができてりゃとっくにやってる」

不毛な会話に苛立ちを覚えた。これ以上は無駄と無視したかったのに、

「とりあえず乗れ。あとのことはそれからだ」

車を降りてきた早坂に腕を摑まれ、強引に車へ押し込まれた。

「正しい大人ってのは、そういう、いまにも死にそうな顔をして助けを求めてる奴を見て見ないふりはできないもんだ。おまえも大人だっていうんなら、そのへん知っとけ」

「助けなんて――」

求めてないと続けたかったのに、声が喉で引っかかる。いまの自分は、なにを言われようと反論できるだけの自信がなくなっていた。

「求めてないってか？　俺にはとてもそうは見えないが」

早坂の言うとおりだ。助けてもらえるなら、誰でもいいから助けてほしい。

でも、無理だというのもわかっている。自分を救えるのは、この世でただひとりしかいない。

俯いた実琴に、らしくなく穏やかな言葉が重ねられる。

「気晴らしくらいにはなる。気晴らしってのは、案外侮れないもんだぞ」

「…………」

実琴は早坂の車を降りなかった。

ひとりでいるのが堪えられなかったのかもしれない。

所詮この程度だ。いつまでたっても弱い自分には反吐《へど》が出そうだった。

5

高次の声が弾んでいる。

『おまえさ〜、新聞に載ってたぞ。レストランで強盗の人質にされたんだって？』

好奇心に瞳を輝かせる姿が浮かんでくる一方で、いつも中途半端な情報を拾ってくる高次の癖も思い出す。

「強盗じゃねえよ」

昼の休憩時間を狙って高次に電話をかけた。高次はいまマンション建設に携わっているという。

早坂の事務所に居着いて、三日目のことだ。

できるだけ遠くに行きたいと言った実琴に、早坂は高次が結婚したことを教えてくれた。彼女に子どもができたとわかったのだ。また高次の部屋に厄介になろうなんて思っていたわけではないが、これで完全に行けなくなったのは確かだ。

「どう？　里江《りえ》ちゃんの調子」

『おうおう。元気だよ。ふたりぶん食わなきゃいけねえって、バカスカ食ってる。男か女かわかっても俺は聞かねえよ。生まれてからの愉しみだしさあ』

気恥ずかしそうに頭を掻いている姿までが浮かんできて、実琴は相好を崩した。

『そっちはどうよ？　元気でやってるか？』

「あ、ああ、もちろん」

即答したつもりでも、高次はなにかを感じたようだ。一拍の間を置き、声をひそめて問うてくる。

『なんか悩みでもあるのか？　金以外なら力になるぞ』

「ないって。ぜんぜん。相変わらず心配性だな」

『はあ？　悪かったなあ』

声だけで些細《ささい》な変化を感じ取って、心配してくれるような友だちなんてそういるものではないだろう。少なくとも実琴には高次だけだ。

逃げていた三年が、けっして無駄ではなかったと高次の存在が教えてくれる。

『おう、それはそうとさ。おまえの金、どうする？　もし受け取りに来られないんだったら、入金するけど』

これも高次らしい。たとえ家の事情を知ったあとでも、実琴を実琴として見てくれる。

高次といると楽だった。一切気を使わず、なにも考えず、楽に呼吸ができた。

もしいましばらく置いてくれと頼んだら、きっと高次は一も二もなく承知してくれるだろう。そういう奴だ。

だが、それはできない。高次には高次の生活がもう始まっているし、自分にも選ばなければならない道がある。

「結婚祝いにとっとけよ――って言いたいところだけど、じつは俺も余裕ないんだよ。なにかと物入りでさ。そのうち落ち着いたら受け取りに行くから、それまで預かっといてくれねえ」

晴れの門出に、辛気くさい声なんてきかせられないのでことさら明るい声で言う。それに、こう言っておけばまた会いに行けそうな気がしてくる。落ち着く日がいつ来るのかわからなくても、約束は無効になることはないはずだ。

『なんか、相変わらずだなあ、みこっちゃんも』

受話器の向こうでわははと高次が笑う。

『わーった。預かっとくから安心しろ。みこっちゃんからの祝いなんか期待してねえから、早く顔出せよ』

「ああ」

『じゃあな、また』

いままでと変わらない高次の言葉を最後に、実琴は携帯電話をテーブルに置いた。

「いい友だちだな。大事にしろよ」

早坂の声に振り向く。風呂《ふろ》上がりで上半身裸の早坂は、首にタオルを引っかけ、生乾きの髪を拭きながら歩み寄ってきた。

「会いに行かないのか？」

「うん。お祝いは送るけど、いま高次の顔を見ると、ちょっとやばい気がするし」

肩をすくめてみせた実琴に、そうかと、一言だけ答えが返る。

実琴は煙草を咥え、火をつけた。

「あんたにも迷惑かけてるよね。いつまでも厄介になるわけにはいかないし、明日にでも出ていくよ」

「いまさら遠慮か？」

早坂が正面に立つ。実琴の唇から煙草を取り上げると、思いもよらない一言を告げてきた。

「もうすぐ聡久がここに来る」

「え」

俄かには信じられず、早坂を熟視する。

「さっき、おまえに新しい生活を送らせるための支度金《したくきん》を寄越せと連絡した」

「なんで、そんなこと」

ソファから立ち上がり、逃げ場を探して周囲を見回す。いったいどういう顔で聡久に会えばいいのか、心の準備ができていなかった。

「落ち着けって。隣に行ってればいい。厭なら会う必要はないんだ」

その言葉を聞いて、肩の力を抜く。早坂の言葉どおり会う必要はないし、顔を見たくないとまで言わせてしまったのだから、聡久本人がここに来るとは考えにくい。

「秘書が来るんじゃない」

だが、早坂は否定した。

「いや、聡久が来るさ。来なかったら今度こそ終わりだからな」

断言して、実琴が座っていた場所に腰を下ろす。実琴自身は、生活スペースである隣室に入った。

聡久は実琴がここにいることをどう思っているのだろうか。遠くに行けと言ったのにまだ近場をうろついているのかと、不快になっていないだろうか。

そんなことばかりが心配になる。

早坂は必ず聡久本人が来ると確信しているようだが、実琴にはわからない。いや、来ない可能性のほうが高いような気がする。

ベッドに腰かけて、落ち着かない気持ちでその後三十分ほど過ごした。

唐突に、早坂の声が耳に届いた。

「秘書にでも持たせてくれればよかったのに。社長の手をわずらわせてすまなかったな」

来ると決めつけていたわりにはそんな台詞を口にする。

そのあと、聡久の声が続いた。

「実琴を、どこに連れていくつもりだ」

ひどく硬い声音《こわね》だった。表情の硬さまで想像できる。

やはり聡久の機嫌は悪いようだ。

「それを知ってどうする気だよ。おまえが遠くに行けって切り捨てたんだろ？　だったらもう実琴がどこでなにをしようと関係ないいんだろうし、おまえに話したら、いままでとなんにも変わらなくなっちまう。そうだろ」

しんと静かになる。そのつもりはなかったけれど、いつしかドアの向こうの会話に聞き耳を立てていた。

「いま、実琴はいるのか」

次に聞こえたのは聡久の声だった。

早坂はそれも撥ねつけた。

「答える必要はないよな」

実琴はシャツの裾をぎゅっと握り締めた。そうしていないと、いまにも飛び出していって、ここにいるからと言ってしまいそうだった。

「曽我部の坊ちゃんを懐《ふところ》に引き入れておくのは、考えてみれば都合がいい。こうして曽我部聡久を簡単に呼び出せるんだから、かなり期待できそうだ」

「実琴を利用するのは、許さないぞ」

低く言い放った聡久を、早坂が嗤う。

「許さない？　おかしな話だな。捨てたあとも所有権を主張するのか。捨てたんなら捨てたで、綺麗さっぱり忘れろよ。心配いらない。俺がきっちり面倒見てやる」

「早坂――おまえ」

「ああっと、ついでにあっちのほうもおまえから引き継ぐつもりだから――って、おまえにはもう関係ないことだな」

「早坂っ」

吼えるような怒声。続いて、なにかの倒れる音が聞こえてくる。グラスの割れるような音、ぶつかる音。

堪え切れなくなった実琴は、部屋のドアを開けた。

床に尻《しり》をついた早坂の胸倉を摑んで、こぶしを振り上げる聡久の姿が真っ先に目に飛び込んできた。

「やめろよ！」

急いで割って入るが、なんの抑止にもならない。

「どいてろ！」

早坂が怒鳴り、それが聡久のさらなる怒りに火をつける。

「おまえ、なにをした！　俺がずっと大事にしてきた実琴に、おまえは――っ」

「なにもしちゃいねえ。いまからヤンだよ。そういや、おまえはその大事な弟を強姦《ごうかん》したって、罪悪感に悩んできたんだったよな」

実琴の存在など視界に入らないほど激昂しているのだ。

「だからどうした。おまえにとやかく言われる筋合いはない！」

「そうだな。けど、俺は罪悪感なんかこれっぽっちも持たねえぞ。欲しいものなら、どんなことをしたって手に入れるし、後悔するような無駄なこと、絶対にしないね」

揉《も》み合うふたりを引き剝がすために、早坂の腕に手をかけた。振り払われた弾みで背中からひっくり返る。

「実琴」

当の早坂よりも聡久の反応のほうが早かった。後頭部を大きな手のひらがすくい、完全に仰向けになる前に支えられた。

「あ、わりい。つい弾みで」

謝る早坂に嚙みついたのも、聡久だ。

「怪我をしたらどうするつもりだ！」

「怪我って、また大げさな」

「大げさだと？」

ふたたび一触即発になりそうな雰囲気になり、実琴は慌てて大丈夫だと割って入った。

「俺はいいから、喧嘩《けんか》するなよ」

拒絶されたのはほんの数日前だ。あのときのショックは少しも薄れておらず、いま思い出しても胸が痛むけれど、聡久を目の前にすればそんなことは二の次になってしまう。

「もう、平気だから」

礼を言って身じろぎすると、聡久の腕はすぐに離れていった。

「喧嘩じゃねえよ。話をしてただけだ」

床に胡座をかいている早坂が、顎を押さえながら割り込む。

「もっともこっちは一発食らったけどな」

同時に挑発的な視線を聡久に投げかけた。

「いい機会だから実琴に聞いてみたらどうだ？　俺と行くのか、それとも行かないのか」

早坂の意図が読めない。聡久を煽《あお》って、いったいなにを確認させようというのか。

「必要ない」

反して、聡久は頑《かたく》なだ。たったいま実琴を救ってくれたとは思えないほどそっけなく、視線も合わせようとしないのだ。

「まあ、そう言うなって。それじゃ俺が殴《なぐ》られ損だ」

早坂は、ポケットから煙草を取り出すと唇にのせる。火をつけてから立ち上がり、今度は実琴に向き直った。

「俺はこう見えても曽我部に対してはかなり同情的だ。なんの力も持たないほんのガキの頃に、なにがなんでも守りたい誰かに出会っちまったことはある意味悲劇と言うしかねえ。俺ならきっと途中で放り出してしまう。ここはひとつ坊ちゃんが大人になって、じっくり話を聞いてやってくれないか」

それだけ言うと、煙を吐き出しながら出ていき、あとには実琴と聡久だけが残った。

実琴は、いまの言葉を一生懸命考える。この機会を逃せば、取り返しがつかなくなりそうだと思うからだ。

実琴と出会って、聡久はなにものにも代え難い存在を得たのだと言った。守りたいと思ったときに、子どもの聡久はなにを考えただろうか。自分に置き換えて想像してみる。

なにより厭なのは無力な自分だ。

そして、欲しいのは、どんなことにも屈しない強さ。

曽我部の中にあって強さとはイコール権力になる。聡久にとって父は、その権力を与えてくれる人間だった。

早坂の言ったとおり、十二歳で大人にならなければならなかった聡久を思えば、悲劇という以外ないのかもしれない。

自分など、二十一歳になってもまだスタートラインにすら立っていないというのに。

家が厭で、聡久と引き離されるのが不安で十八歳のときに逃げ出した。

いまは聡久に認められたい。いまの自分を見てほしい。そう思っている。

結局のところ、いつも自分のことばかりで聡久がどんな想いを抱えてきたかなんて、少しもわかっていなかったのかもしれない。

「俺、ずっと聡久に甘えてきたんだね」

実琴の言葉に、聡久は笑みを浮かべた。最近目にする聡久の笑い方はどこか苦くて、実琴の胸を締めつける。

「聡久がいたから、俺は寂しくなかった。俺の中心は聡久で、たぶんそれって……いまでも変わってないんだ」

聡久は、子どもの実琴にとって世界のすべてだった。聡久がいればよかった。

いくつになろうと、実琴の中でそこだけが止まってしまったらしい。

「お互いさまだ。俺は実琴に甘えられることで自分の存在価値を見つけていたんだから。実琴がもう俺の手はいらないと言い出す日がいつ来るかと、びくびくしていたよ」

実琴も笑った。

本当にどっちもどっちだ。

「大人にならなければいいと本気で願っていた。実琴が子どものままだったら、俺の腕の中に囲っていられるのにって。だから、実琴が家を出たとき、天罰が下ったんだと思った。慕ってくれるのをいいことに、判断がつかない子どものうちからひどいことをしてきた罰だと」

いまだ後悔を見せる聡久がもどかしい。それから、どうしようもなく愛《いと》おしかった。

「それでも、実琴に出ていかれるまでの四年間は俺には至福だった。実琴を連れ戻して、厭がる実琴に同じことを強要していたときでさえ、この腕に抱ける幸せを感じていたんだから――もうどうしようもない」

「……聡久」

顔を隠すように手を額に当てる聡久に、胸がいっぱいになる。聡久の声が微かに震えているからなおさらだ。

「実琴の望みならなんでも叶えてやりたいと思った気持ちに嘘はない。でも、それ以上に、会社も家もすべて放り出してふたりでいたかった」

なにより聞きたかった告白に、ぶるりと実琴も震える。ようするに出会った瞬間から互いに互いしか見えていなかったのだ。

「それが、聡久の本心？」

「そうだ。誰の目にも触れさせたくない。実琴が俺しか見えなくなってしまえばいい。ずっとそう思ってきた」

なんて遠回りをしたのだろう。わかり合っているつもりで、なにもわかっていなかった。相手のためと耐えてきたことは、意味のないことだったのだ。

「三年前に言ってくれたら、俺、聡久の傍にずっといたよ」

実琴がそう言うと、聡久が額から手を離した。

「どうして」

どうやら実琴よりも聡久のほうが重症らしく、信じられないとでも言いたげな表情する。

実琴はシンプルな感情を、シンプルな言葉で聡久に告げた。

「どうしてって、そんなの決まってるじゃん。俺も幸せだったからだよ」

返事はなくても、もう少しも不安はない。

実琴は、自分の本心を心を込めて伝えていく。

「聡久がひどいことだって言ってる、あのことだって俺は嬉《うれ》しかった。俺にとって聡久に触られる行為は、可愛がられるってことと同じだった。だから、もっと触ってほしいって思ってたんだ」

依然聡久の顔から疑心は消えない。それだけ思いつめていたのだと思うと、いっそう愛しさは募った。

「嬉しかった？　実琴が？」

「当たり前だろ。聡久、前に俺しかいなかったって、そう言ったよね。俺だって同じだ。聡久だけだった。聡久にはこれがどういう意味なのかわかるよね」

間があく。

長い間だった。

ようやく口を開いた聡久は、ひとつひとつ言葉を区切り、聞いてきた。

「いまでも、実琴は同じ台詞を言えるだろうか」

悩む必要なんてない。初めから答えはひとつだ。大事なことだからゆっくり伝えたかったのに、余裕がなくて早口になってしまう。

「言えるよ。だって俺は、昔から聡久がいればそれでよかった。いまでもずっとそう思ってる」

「それなら、実琴は、いま俺が触っても厭がらないか」

慎重な聡久らしい。ここまで言ってもまだ確認してくる。

早く触ってほしいのに、それも気づかないほどだからよほど焦っているのだろう。

「厭がる？　待ってんだよ、俺」

言い終わるが早いか、両手で頬を包み込まれた。至近距離で見つめ合うと、身体じゅうが熱くなる。息苦しくなるほど強く胸を叩いてくる鼓動に、実琴は一度大きく深呼吸をした。

「六歳のときから聡久が好きなんだ。俺だけのものにしたい」

言葉にすればなんて陳腐だろう。たったこれだけに何年も費やしたのがばかみたいに思えるほどだ。

それでも、何年も何年も胸に秘めてきた大事な気持ちだ。もう会わないと決めていたときでさえ、この気持ちだけは捨てられなかった。

「――みこ」

聡久は、息苦しそうに顔を歪める。

「もう一回言ってくれないか」

「なに？　信じられないんだ？」

「都合のいい夢じゃないと、教えてくれ」

聡久の弱気をとても笑う気になれない。

一刻も早く大人になることを強いられたぶん、聡久の葛藤は大きかったのだろう。心と身体が切り離されるような感覚を味わったはずだ。

「ずっと聡久だけを好きだったよ。出会った日からずっと」

聡久の髪に触れた。

「みこ。実琴」

頬から手が離れると同時に、きつく掻き抱かれる。恍惚《こうこつ》となりながら、実琴は聡久の首に両腕を回した。

唇を触れ合わせる。もっと欲しくて、口を解いて求める。

舌を搦《から》め、唾液を吸い、実琴は息を乱した。

「あぁ……どうしよう」

身体が内側から熱く燃え、疼《うず》いてくる。キスだけで昂奮して、我慢できそうにない。

仕方がない。聡久も自分も、ずっと互いだけを見つめて欲しがってきたのだから。

「帰ろう、みこ」

「うん。帰る」

離れ難い身体を無理やり離し、早坂の事務所を出る。表に駐車してあった聡久の車に乗ってマンションへとまっすぐに向かう間、ふたりとも一言も口をきかなかった。

ドアマンにもまともに挨拶せずエレベーターに飛び乗り、ふたりきりになるとまた抱き合い、吐息を奪い合うように口づけをかわす。気が急《せ》いて、もどかしくて部屋に辿り着く前に実琴は聡久の中心に両手で触れた。

聡久の唇は、実琴の首筋を這う。耳の下を軽く吸われただけで膝が震え出し、身体が頽《くずお》れそうだった。

「聡久……」

我慢も限界にきた頃、ようやくエレベーターが止まる。

仕方なく聡久のものから手を離したものの、自力で歩くことはあきらめ、聡久にすがって部屋に向かった。

たった数メートルがこれほど長く感じたことはない。ようやくドアの中へと入ったときには、安堵のあまり吐息がこぼれ落ちた。

「みこ」

ドアが閉まると同時に、聡久がふたたび口づけてくる。今度こそ誰にも邪魔される心配がなくなり、実琴は聡久に抱きついて舌を吸った。

「あ……っ」

これ以上待たされるのは御免《ごめん》だ。一秒だって待ちたくない。

はちきれそうな欲望を聡久に擦りつけ、聡久を急かす。実琴の希望はすぐに叶い、パンツの前をくつろげた聡久は下着ごと下ろしたかと思うとそこへ触れてきたのだ。

「あ……うんっ」

性器を愛撫《あいぶ》され、快感に目が眩《くら》む。初めから理性も思考も捨てて、聡久との行為に溺れる。

「こんなに濡らして」

「……だって、我慢できない」

ゆっくり擦られ、後ろが疼き出す。実琴はたまらず、もっとと腰を揺らした。

「あ、あ……」

膝が震え、寝室に行きたいと思う半面、これ以上はもう待たされたくなかった。

聡久も同じなのか、ベッドへは誘わず、舐《な》めて濡らした指を後ろへとあてがう。

「あぁ」

狭間《はざま》を這う指にぞくぞくとした痺れを感じ、実琴は身体をしならせた。

「聡久ぁ……あ、うぅんっ」

何度も入り口を撫でてから、指が肉を割ってきた。

前への愛撫はそのままに、後ろへの刺激が与えられて、ここが玄関だということも忘れて声を上げる。

欲しいという気持ちだけに支配されていた。

「すごいな。可愛くて欲張りな実琴のここが、もう緩んだ」

聡久の声は欲望に掠《かす》れている。その声にも実琴は煽られて、聡久がやりやすいよう自分から脚を開いた。

「……ぁう……あ、や」

「指が、挿ってしまうよ」

「あ、あぁ」

指がずるりと内側へもぐり込んできた。浅い場所を擦られ、ぞくぞくとした痺れと、蕩けるような愉悦に恍惚となる。

もっと聡久に掻き回されたい。実琴の頭にあるのはそれだけだった。

「気持ちいいのか」

「いいっ。もっと深……っ」

「わかってる」

ゆっくりと内部を探るような動きを見せていた指は、さらに奥へと進んできた。迷うことなく実琴が乱れずにはいられない場所に辿り着くと、そこを突き上げ、擦ってくる。

「う、わ、やだっ……聡久っ」

隅から隅まで知り尽くした手にかかればあまりに呆気《あっけ》ない。前と後ろを同時に愛撫され、実琴はあっという間に頂点まで押し上げられた。

「い……くっ、も、だめっ」

背をしならせて達する。身体をびくびくと痙攣させながら聡久の手と内腿を濡らし、体内の指を締めつける。

「あぁぁ」

あまりにも性急なクライマックスだが、これで終われないことは実琴自身が一番よくわかっていた。後ろの刺激で極めることを教え込まれている実琴は、自分の身体が満足しないことを厭というほど自覚している。

もとより聡久は実琴以上に知っているのだ。

「みこ」

甘い声が実琴を呼ぶ。脱力する実琴の腰を抱き上げると、ようやく寝室へと運ばれた。

「聡久」

ベッドに下ろされた実琴は聡久の手で全裸にされ、熱いまなざしを受け止めた。

「綺麗な身体だ。ずっと俺が汚してきたはずなのに、実琴は少しも汚れない」

恥ずかしくてたまらないけれど、隠すことなんてできなかった。なぜなら実琴は、いつでも自分だけを見てほしいと思っているのだ。

「汚される以上に、可愛がられてきたから」

身体じゅうに散る鬱血の痕さえ、いまは嬉しいと思える。これは聡久が、実琴が自分のものだと示したくてつけた独占欲の証《あかし》。実琴がどこもかしこも聡久だけのものだという証。

「みこ——可愛い、みこ」

シャツを脱ぎ捨てた聡久が肌を合わせてくる。

胸がいっぱいになった実琴は、言葉で確かめずにはいられなくなった。

「俺を好きだって言って」

聡久が目を細める。見ている実琴のほうが切なくなるような表情を見せて、聡久はその言葉を聞かせてくれた。

「誰よりも愛してる」

「俺もっ」

感極まって、きつく抱き締める。聡久の愛が身体じゅうに満ちていくようだった。

「みこ」

熱いまなざしで実琴を見つめてくる聡久に、隅々まで暴かれる。身体じゅう隈なく口づけられて、泣きたい気持ちになった。

大事だ、愛しいと、身体で示されているのが痛いくらいにわかる。

「聡久ぁ」

名前を呼ぶと、膝頭に口づけられた。そのまま内腿を滑っていく唇に、期待で胸が喘ぐ。

「あ……ぅう、んっ」

脚の付け根にキスが落ちる。期待を裏切らず、性器にも口づけられた。

「あぅ、んっ、やぁ」

あたたかな口中に根元まで包まれて、身悶《みもだ》えする。さらなる刺激が欲しくて、浅ましく腰を突き出してしまう。

ついさっき指で犯された場所が、ずくずくと疼き出し、たまらず聡久の髪を乱した。

「見せて」

すぐにはその言葉の意味がぴんとこなかった。だが、脚を大きく割られて胸に押しつけられて、実琴は動揺した。

「いや……だっ」

あまりの格好に抗っても、聡久は許してくれない。もどかしいほど優しく実琴を追い詰めていたくせに、強引に先へ進む。

「こんなに小さいここが、あれほど貪欲になるとは信じられないくらいだ」

「い、いやっ。見……な」

「いまさらなのに。実琴の身体は隅から隅まで見てきた。もちろん内側まで」

「あ……うぅぅ」

指が、入り口を開く。中まで見られている——そう気づいて言いようのない羞恥が湧き上がる。焼けつくような視線を感じて、実琴はじわりと涙を滲ませた。

「可愛くてたまらない」

「ひっ」

あたたかい感触がした。舌だとわかって、実琴は身じろぎする。

「しないで……そ、んなとこ、舐め……いやだぁ」

我を忘れているときならまだしも、見られながらの愛撫には気が変になりそうだった。

「どうして。実琴の身体ならどこにだってキスしたい」

「でも……や、あぁ」

いくら力を入れたところで勝手に綻《ほころ》んでしまう。そうしたらきっと聡久は躊躇なく中まで這わせてくるにちがいない。

「あ、あ、うぅ……っ」

実琴の予想はすぐに現実になる。

緩み切ったそこに舌が侵入してきて、内側を舐められる。

「あぁぁっ……聡久」

どうしようもなかった。両手を聡久の髪に差し入れた実琴は、羞恥心を捨てる。早く繋がってしまいたい一心で、初めて口にする言葉で懇願していた。

「も、いい。もう、いいから、早くきてっ。奥まで挿れて」

「みこ」

「聡久が欲し……」

いっそう脚を大きく開き、欲しくてたまらない場所を自分からさらして誘う。

「可愛いみこ」

聡久が実琴の脚を抱え上げ、下半身を自身の腰の上にのせるような体位をとった。

「あ……っ」

すっかり焦《じ》れているその場所に、聡久のものが触れる。圧倒的な存在を誇示しながら、ゆっくりと時間をかけて聡久は実琴の中に挿ってきた。

いつもより熱く、深い気がするのは実琴ばかりではないようだ。隙間なく密着したそこに、悦びが込み上げてくる。

「みこ」

ぐいと引き寄せられ、抱き合う形になった。

「実琴、俺だけの可愛いみこ」

いつの間にか泣いていたようで、涙を舌で拭われるけれどどうにもならない。あとからあ

とからあふれ出てくる。

すんと鼻を鳴らした実琴は、濡れた瞳で聡久を見つめた。

「好き。大好き……子どもの頃から、ずっと大好きだったんだ」

「実琴」

きつく抱き合う。この先はもう言葉は必要ない。気がすむまで身体を与え、奪い、身も心も溶け合うのだ。

それは実琴にとってなにより幸福な時間だった。

6

「何年たってもあのひとに敵《かな》う日は来ないような気がする」

病院の廊下を並んで歩きながら、聡久がそんなことを口にする。

今日、聡久と一緒に父親を見舞うことにしたのは、父の病状が明るい兆《きざ》しを見せ始めたと義母から連絡があったためだ。

流動食だけだったのが、固形物も摂れるようになった。左半身は麻痺しているとはいえ、右手右足のリハビリにも一昨日から取り組んでいるという。

これ以上は望めないと考えていたふしのある医師は、目を見張る回復力だと驚きを隠し切れずにいるらしい。

実琴と聡久が病室に入っていったとき、父は目を覚ましていて、傍には義母が付き添っていた。久しぶりに会う父親にもっと緊張するかと思っていたが、そうでもなく、ふたりがごく普通の夫婦に見えたことがなんだか不思議な感じがした。

「実琴さん、来年受験するんですよ。W大。だからいま猛勉強中。ね、実琴さん」

「あー、まあ、そうかな」

照れ隠しに笑ったものの、父親の真剣な視線に気づき、すぐに頬を引き締める。背筋を伸ばした実琴に、父親の唇が動いた。

聞き取りづらかったけれど、実琴の耳にははっきり伝わってきた。

おかえり。

そう父は言ったのだ。

家庭を省みなかった父親に対して父子という意識はとうになく、実琴にとっては曽我部グループの会長だ。

けれど、ひとつだけ思い出したことがある。

ほんの小さな頃。たぶん、三つか四つくらいだっただろう。いまのように父は実琴を見つめて、それからぎゅっと抱き締めてくれたことがあった。

子ども心に、あのときの父がひどく頼りなく映ったことも微かに記憶として残っている。

思えばあれは、母親が亡くなったときかもしれない。

すでに記憶は曖昧《あいまい》になったが、おそらく間違ってはいないだろう。

「いままで心配かけてごめん。ただいま、父さん」

実琴はそう言うのが精一杯で、義母と少し話をして病室を出た。

「結構元気そうだった」

外へ向かいながら、実琴は自分でも戸惑うような想像をしてみる。

もしかしたら父は、ずっと母のことを引き摺っているのかもしれない、と。病弱だった母の傍についていられなかった後悔や、そのせいで実琴をひとりにしたという負目をまだ捨て切れていないのではないだろうか。

だからこそ義母を選び、聡久に曽我部のすべてを譲るつもりでいたのではないか。実琴を自由にするために。

もちろんすべては勝手な想像だ。が、おかげでいままでの実琴が曽我部の家に縛られることなく自由に生きてこられたのは、まぎれもない事実だった。

「聡久は鍛えられたんだろうね」

実琴が安穏と生活している間、聡久は大変だったはずだ。

「最短距離を走らされたからな」

「最短距離を走れたってことがすごいって」

嘆息した実琴に、聡久の唇がにっと左右に上がる。

「そういう実琴も、結局は走るつもりなんだろう？」

曽我部の家というより、名前を意識してみようかと思っている。曽我部実琴としてどれだけ走れるか、努力してみたい。

「まあ、ゴールをどこに定めるか、まだ思案中だけど」

大学に入るという目標を達成するのが先決だ。一度決めたことだから、投げ出すわけにはいかない。

その先はまだ真っ白だけれど、いま必死で勉強することは無駄にはならないと信じている。

「頑固なのは曽我部の血だ」

聡久が笑い、実琴は肩をすくめた。

「血じゃなくて、水だと思うけど」

「なるほど。それならますます他人は入れられないな」

そう言う聡久は縁談を断った。というよりも、初めから受けるつもりはなかったようで、相手にもその意思は伝えてあったらしい。

間に入った人間の顔を立てるために一度だけ会ったと聞いたとき、実琴は心から安堵せずにはいられなかった。

「その気がないとわかれば、周りもあきらめてくれるだろう」

「いっそのこと養子をとるってのはどう？　小さいときからどっぷり曽我部の水に浸って育てば、きっと立派な曽我部の跡取りになってくれるよ」

冗談半分本気半分で提案すると、それはいいと聡久が同意したため実琴もその気になってくる。十五年前に聡久と引き合わされた自分のことを考えれば、そういう出会いもありだろう。実琴はいまもこうして聡久と一緒にいられる幸せを味わっているのだから。

曽我部の家も悪くない。家があったからこそ、実琴は聡久と巡り会えた。

いや、むしろ幸運だった。兄弟を理由に一生ともにいられるなんて、これほどいいことがあるだろうか。

「そうなったら、愛情だけはたっぷり与えてやろ。俺が聡久からもらったぶんを、その子に渡すんだ」

まだ見たこともない、どこかにいるかもしれない子どもを思い、自然に頬が緩む。

もしも、万が一、実現したなら実琴はありったけの愛情を注ぐつもりでいるし、その子には絶対に幸せになってほしい。

強く、逞《たくま》しく、幸せを自分で摑むような人間に——。

「いや、それは駄目だな。俺はそんなガキと実琴を奪い合う気はない」

聡久にしては乱暴な口を聞き、眉をひそめる。

冗談に聞こえないから困る。ぶつぶつと不満を漏らし始めた聡久に、実琴はぷっと吹き出した。

「ねえ、聡久。いまからあそこ行こうか」

「あそこ？」

眉間に皺を刻んだまま問われ、うんと頷く。まだオープンまで日があるけれど、実琴には魔法のカードがあった。

「そ、ここ」

ポケットからカードを取り出して見せる。

聡久が実琴に運ばせたフリーパス券だ。

あれからまだ二ヵ月足らずだというのに、ずいぶんと前の出来事のような気がしてくる。

聡久はカードに目を留め、少しばかり照れたような笑みを浮かべた。

「もう持ってないのかと思った」

「そんなわけないだろ。聡久が俺のためにくれたものだよ」

実琴を呼び出す口実だったパスでも、聡久は初めから本気だったにちがいない。実琴のために観覧車を作り、実琴だけにこのパスを与えてくれた。

「ね、行こうよ。駄目？」

実琴の提案に、聡久が両手を広げた。

「俺が駄目と言うとでも？　実琴が行きたいというなら、どこへだろうと喜んで行くさ」

覚えず笑みがこぼれる。

聡久とふたりなら、実琴もどこへでも行けそうな気がしてくる。

「こうなったら行けるところまで行くっきゃないっしょ。ついでにふたりで天辺目指してみる？」

最早これは運命共同体と言っても過言ではない。家族で、兄弟で、恋人なんてこれ以上の関係があるだろうか。

足を止めた聡久が、右手を差し出した。

「実琴の望む場所まで」

人目がなければ抱きついてキスしたいところだ。が、いまは手を触れ合わせるだけで我慢する。

「聡久、ずっと一緒にいようね」

すぐに離そうとした手を、聡久に掴まれた。

「それはプロポーズととっても？」

もちろんそうに決まっている。一世一代のプロポーズだ。

「返事は？」

「いま聞きたいか？」

「いますぐ」

聡久の指が実琴の手のひらを優しく撫でる。どきりとした実琴は、急に緊張してきた。

「誰がなにを言おうと、死がふたりを分かつまで傍にいよう」

「…………」

どうしてこんなところでプロポーズしてしまったのか。キスどころか抱きつくことすらできないなんて拷問に等しい。

ふたりきりの場所で、ロマンティックに盛り上げてからすべきだった――と悔やんでも後の祭り。残された道はひとつしかない。

「やっぱり聡久からプロポーズして」

小指を差し出す。聡久の小指と絡め、指切りをすると安堵から破顔した。

その日が待ち遠しい。聡久のことだからきっと素晴らしいシチュエーションを用意してくれるにちがいない。

足取りも軽く病院を出た実琴は振り返ると、いつか伴侶となるひとの名前を呼んだ。

過去と現在、未来のぶんまで想いを込めて。

ふたりのチャペル

「これ。気持ちばかりだけど」

妙な緊迫感が漂うなか、祝いの品を差し出す。中身は生まれてくる子ども用の玩具《おもちゃ》だが、受け取る高次《こうじ》の顔は明らかに引き攣《つ》っていた。

「お、おう。サンキューな」

理由はひとつ。聡久《としひさ》がいるからだ。ひとりで行くからと何度言っても聞かず、一緒に来るはめになったせいで実琴《みこと》自身気まずい思いをしている。聡久は、高次にしてみれば「友人の訳ありの兄」だ。

「実琴が世話になったようだから、一度きちんと挨拶《あいさつ》をしなければと思っていた」

などと菓子折りまで出されてしまったのだから、なにかあるのではと疑心暗鬼になるのは当然だろう。

「挨拶なんて、そんな――え……っと、茶はまだかな」

卓袱台《ちゃぶだい》を挟んで向かい合っている状況に耐えられなくなったのか、高次が畳《たたみ》から腰を浮かせる。

「なにそわそわしてるのよ」

落ち着かない様子の高次とはちがいキッチンから現れた妻は普段どおりで、コーヒーを卓袱台にのせながら苦笑いした。

「このひと、今日実琴くんが来るっていうから、すごく愉《たの》しみにしてたんです。昨夜なんて、まるで遠足前の子どもみたいで」

「な、なに言ってるんだ」

高次が鼻に皺《しわ》を寄せる。以前もしっかり者の彼女に頭が上がらなかったけれど、結婚後は完全に尻《しり》に敷かれているようだ。

「遠足前ってことはねえだろ」

「あら、本当のことじゃない」

彼女のおかげで、高次の緊張も解ける。胡坐《あぐら》を掻《か》き直すと、こほんと咳払《せきばら》いをした。

「いいから、おまえは隣へ行っててくれ」

亭主関白を気取る高次に妻は素直に従う。

「高ちゃん、封筒」

襖《ふすま》を締める前の妻の一言で、

「わかってるって」

高次はシャツのポケットから封筒を取り出し、卓袱台へ置いた。

「預かってた五十万だ」

当時は家を出るつもりでいたため、預かっておいてくれと言ったのは実琴だ。あのときとは事情が変わったいま、自分には不要となったのでできれば高次におさめてほしかったのだが、それは難しいだろう。

どうしたものかと迷っていると、隣に座っている聡久が口を開いた。

「きみに頼みがある」

いきなりなにを言いだすのかと怪訝《けげん》に思ったのは、高次だけではない。実琴も首を傾げ、聡久へ目を向けた。

聡久はいたって真剣な面持《おもも》ちで言葉を重ねる。

「夫として父親として忙しくなるだろうが、これからも実琴と仲良くしてもらえると嬉《うれ》しい。こう見えて実琴は人づき合いがうまくない。きみは、実琴にとってかけがえのない友人だ」

まさか聡久の口からこんな台詞《せりふ》が出てくるとは予想だにしておらず、唖然《あぜん》とする。頭まで下げる様を前にして、自分を理解してくれていると嬉しく感じる半面、羞恥心《しゅうちしん》も込み上げてきた。

「……聡久、なに言ってるんだよ」

まるで妻役をやられているみたいだと思い至り、わざと渋面で聡久を制する。が、それ以上言葉を重ねられなかった。

「お、お兄さん！」

高次が卓袱台を押しやり、いきなり聡久の手を握ったのだ。

「もちろんっす。俺と実琴はずっと友だちです！　なんなら、お兄さんとも友だちになりたいくらいっす！」

ストレートに感激をあらわにする高次に、なにを考えているのか、聡久は快諾する。

「きみさえよければ」

図らずも兄と親友が距離を縮める場面に出くわすはめになり、妙な心地を味わう。仲良くしてくれるのはありがたいけれど、これはなんの茶番だと言いたくなる。

「なら、たったいまから俺とお兄さんはダチっすね！」

すっかりその気になっている高次に、聡久が卓袱台に置いた封筒を滑らせた。

「なら、友人としてこれはおさめてくれないか」

さっき、「実琴の取り分」として渡された五十万だ。

「いや、それとこれは話がべつっすわ」

高次が封筒を押し返す。

「もともときみへの報酬のつもりだった。今回は、私からの祝いだと思って受け取ってほしい」

「いやいや。いくらお兄さんの言葉でもそういうわけにはいかないっすよ。五分五分っていうのは、俺らの取り決めなんすから」

いつまで卓袱台の中央で封筒を押したり引いたりするふたりを眺めるはめになるのかと、うんざりしてくる。もうどっちでもいいよと口を挟もうとしたその直後、意外にもあっさり決着がついた。

「ひとつ憶《おぼ》えておいてくれ。いままで実琴を案じてくれたきみには感謝しているが、今後は無用だ。その役目は私ひとりのものだから」

これにはぎょっとし、慌てて聡久の袖《そで》を引く。けれど、当の聡久はいたって真顔だ。

「きみは私に任せてくれていい」

こうも自信ありげに宣言されて、いったいなにが言えるだろう。兄としての言葉には到底聞こえない。現に高次は頬《ほお》を引き攣らせ、返答に困っている。

長居をするとますます気恥ずかしい思いをするはめになりそうで、実琴は卓袱台から封筒を取り上げてそれを高次に押しやり、

「聡久の顔を立てて受け取って」

返す手で、聡久の腕を摑《つか》んだ。

「帰ろう」

早々に腰を上げて暇《いとま》を告げる。玄関先まで見送りに出てくれた高次の肩をこぶしで小突いてから、実琴は右手を上げた。

「じゃあ、また来るな」

その一言を最後に高次と別れ、アパートの前に停めた車に聡久とともに乗り込んで帰路につく。

「なんの牽制《けんせい》だよ」

ふたりきりになってから、聡久を睨《にら》んだ。

「牽制？」

牽制以外になんだというのだ。心配するのは自分の役目なんて、普通はわざわざ口にすることではない。

「単なる確認だ。互いの立場を明確にしておいたほうがいいだろう？」

聡久の口許《くちもと》に、確信的な笑みが浮かんだ。

「それって――」

牽制となにがちがうのか、そう聞こうとしたものの、やめておいた。牽制でも確認でも、聡久にとっては大差ないのだろう。

「まあ、いいか」

ため息をついた実琴は、ふと頬を緩めた。

「高次と奥さん、幸せそうだった」

自分が居候《いそうろう》していたときもふたりの仲は良好だったけれど、いまはそれ以上に見えた。似合いの夫婦は、きっといい父親、母親になるにちがいない。

「羨《うらや》ましそうな言い方だな」

聡久の言葉には、否定せずに頷《うなず》いた。

「そりゃあね。あ、けど、俺も奥さんほしいって意味じゃないから」

一応断っておくと、当然だと答えが返る。

「俺は、誰にも実琴を渡す気はない」

唇《くちびる》を左右に引いた聡久に、胸を熱くする。もし他のカップルが同じようなやりとりをしていたら間違いなく吹き出すだろうけれど、いざ当事者となるとときめいてしまう。

「……バカップルだ」

照れ隠しから、ぽつりと呟《つぶや》いたときだ。車が帰路から外れていることに気づく。

「寄り道するんだ？」

この質問の答えは、まもなく明確になった。行き先は、たびたびメディアでとり上げられているラグジュアリーなホテルだった。

アプローチで停車した聡久に連れられ、ホテル内へと足を踏み入れる。迷いなく進んでいく聡久の背中に、戸惑いつつ声をかけた。

「勝手に入っていって、大丈夫？」

「ああ。うちのホテルだ」

これに関しては驚きでもなんでもない。曽我部《そがべ》グループがいくつかのホテルを所有しているのは周知の事実だ。

そのため、実琴が気になっているのは、聡久がなんの用事でここへ立ち寄ったのか、その理由だった。

緑あふれる庭園に出る。目の前に現れた白い建物の扉を聡久が開けた。

「ここって」

木と陽光のぬくもりを感じる空間だ。白を基調としたチャペルは清々しく、門出にふさわしい雰囲気に満ちていた。

祭壇の前まで進んだ聡久は振り返り、こちらへと手を差し伸べる。よく理解できないまま実琴が歩み寄ると、あろうことかその場で片膝《かたひざ》をついた。

「四十年、五十年――俺の人生がこの先何年あるかわからないが、ずっと傍《そば》にいてほしい」

「――」

プロポーズのやり直しだと気づく。確かに言いだしたのは自分だとはいえ、まさか今日だとは思わず、驚きに立ち尽くすばかりになる。なぜなら聡久の手には指輪があり、単に実琴の言葉に煽《あお》られたノリではないことがわかるからだ。

「返事を」

まっすぐ見上げられ、実琴は大きく胸を喘《あえ》がせた。

できるなら茶化してしまいたかったし、普段の自分ならそうしていたはずだ。が、今日ばかりはうまくはいかない。聡久の真摯《しんし》なまなざしを受け、どうして笑うことなんてできるだろう。

「こ……」

震える唇を開いた実琴は、息苦しいほど速くなった鼓動を実感しつつ頷いた。

「こちらこそ、傍にいさせて」

返事をするや否や自分も膝をつき、聡久に抱きつく。そうせずにはいられなかった。

プロポーズしてと言ったときには、これほどとは想像していなかった。自分がこんなに感激するとも。

聡久のおかげで一生忘れられない日になった。白いチャペルも、窓から降り注ぐ陽光も、聡久の表情も、何十年たっても実琴ははっきりと思いだすことができるにちがいない。

「こんな恥ずかしいのも、嬉しいのも初めて……どうしよう、俺。マジで、やばい。世のカップルは、よくこんなのに耐えられるな。尊敬する」

昂《たかぶ》る感情のまま口早に言葉を重ねた実琴に、くすりと聡久が笑った。

「そうだな。でも、俺はこの幸福に浸っていたいと思うよ」

「……うん」

同意したあと、かぶりを振った。

「やっぱり早くうちに帰って、ふたりきりになりたい」

寝室で、と耳元で囁《ささや》く。

聡久が吐息をこぼした。

「指輪の交換と誓いのキスはベッドの上でしょう。それでいいか？」

異論などあろうはずがない。即座に立ち上がり、祭壇を離れる。チャペルを出る前に、一度聡久を呼び止めた。

「練習」

帰りつくまで我慢できそうになくて、誓いのキスの予行練習をする。力強い腕に腰を引き寄せられ、予行練習にしては熱のこもったキスに恍惚《こうこつ》となった。

聡久の背中に腕を回そうとしたとき、唐突に口づけが解《ほど》かれる。

「この先は、うちに戻ってからな」

名残《なごり》惜しかったものの、聡久の言うとおりだ。このままキスを続けていたら自分を追いつめるはめになるので、先に立ってチャペルをあとにした。

帰りの車の中では、寝室に辿《たど》り着いてからのことばかりを考えていた。

指輪の交換も誓いのキスもあと回しにしてもらおう。まずは抱き合って、互いを満たし合うのが先だ。

そして、一からまた始める。

敬虔《けいけん》な気持ちのなか、心からの愛の言葉を告げて――。

胸に手をやった実琴は、端整な横顔を見つめつつ、自身のなかにずっとあり続ける熱い恋心を改めて噛《か》み締めていた。

あとがき

あけましておめでとうございます。旧年中は本当にありがとうございました。

なんだか、二〇一五年はいつもに増してあっという間に過ぎていったような気がしています。

年始に立てた抱負も、あまりの速さに置き去りになったまま二〇一六年になってしまいました。ウォーキングもほとんどやっていなければ、一時期昼型生活にしていたというのに二ヵ月足らずで戻ってしまいましたし。

あ。そういえば去年買った手帳は、活用できたとはお世辞にも言い難いのですが、たまに思い出してはちょっと文字を書くだけで妙な満足感を得られました。

なので、今年も買いましたよ、手帳！

去年よりは活用できるはずなので、すごく愉しみです。

さておき。

二〇一六年最初の本は、新装版『囚われの花びら』になりました。

送っていただいたデータに目を通したときは、そうそうこんな話だったと懐かしい気持ちに……。

キーワードとしましては、血の繋がらない兄弟、家出、再会、初恋、家のしがらみ、でしようか。

話は変えず文章を直しましたので、ノベルス版より読みやすくなっているのではないかと思います。

じつのところ話の内容は忘れているところもあったのですが、イラストは明瞭に記憶していました。

当時、紺野先生に描いていただけることになり、本当に嬉しかったのを憶えています。今回、文庫という形であの素敵なイラストがまた拝見できるというので、以前の嬉しさがよみがえってきました。

紺野先生、本当にありがとうございました。

担当さんもいつもお世話になっています。よぼよぼなりに精進します。

最後に、新装版『囚われの花びら』をお手にとってくださった皆様に、心からの感謝を。

少しでも愉しんでいただければ幸いです。

今年もどうぞよろしくお願いします。

二〇一六年、素敵な年になるといいですね！

高岡ミズミ

✦初出　囚われの花びら……ラキアノベルズ「囚われの花びら」（2003年5月）を加筆修正
ふたりのチャペル…書き下ろし

高岡ミズミ先生、紺野けい子先生へのお便り、本作品に関するご意見、ご感想などは
〒151-0051 東京都渋谷区千駄ヶ谷 4-9-7
幻冬舎コミックス　ルチル文庫「囚われの花びら」係まで。

幻冬舎ルチル文庫

囚われの花びら

2016年1月20日　第1刷発行

✦著者　高岡ミズミ　たかおか みずみ

✦発行人　石原正康

✦発行元　株式会社 幻冬舎コミックス
〒151-0051 東京都渋谷区千駄ヶ谷 4-9-7
電話 03(5411)6431［編集］

✦発売元　株式会社 幻冬舎
〒151-0051 東京都渋谷区千駄ヶ谷 4-9-7
電話 03(5411)6222［営業］
振替 00120-8-767643

✦印刷・製本所　中央精版印刷株式会社

✦検印廃止

ISBN978-4-344-83626-6　C0193　Printed in Japan

ひとりきりの直哉のもとに、基継が帰ってきた。かつて直哉たち母子の家庭に転がり込んで二年間ともに暮らし、そしてまた突然いなくなった基継──。幸せな日々を忘れられずにいた直哉は、十年前のあの日に彼が姿を消した理由も問い質せぬまま引き留め、再び家族として暮らし始めるが……。商業誌未発表作&書き下ろしSSを収録し、待望の文庫化!!
高岡ミズミ
［いつかじゃない明日のために］
イラスト
円陣闇丸
本体価格630円+税